KB213879

잘될 일만 남았어

자라고 싶은 어른들을 위한
하루하루 감정 회복 일기

잘될 일만 남았어

이모르 지음

STUDIO:ODR

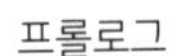

어른이의 그림일기

아주 어린 시절부터 지금껏 그림을 그려왔습니다. 공부도 못하고, 딱히 잘하는 일도 없어서 그림을 그렸습니다. 평생 그림 그리는 일을 직업으로 삼아 먹고살겠다는 당찬 포부가 있었던 것도 아닙니다. 그저 그림을 그릴 수 있었기에 그렸습니다. 어떤 구체적인 목표가 있지는 않았습니다.

하지만 저에게는 너무나도 익숙한 이 그림 그리는 행위가 나이가 들어 점차 새로운 의미로 다가왔습니다. 그림을 그릴 수 있다는 것 자체가 너무나 소중하다는 사실을 깨닫게 되었죠. 마치 평소엔 너무 익숙해서 모르다 시간이 흐르고 나서 그 소중함이 가슴에 사무치는, 우리들 부모님의 존재처럼 말입니다.

'그림'이란 우리말의 어원을 찾다 보면, 동사 '그리다'는 '그리움'과 연결된 것을 알 수 있습니다. '그리다'는 그리워하는 대상을 형상화하는 행위인 셈이죠. 그 대상을 마음속에 그리면 '그리움'이 되고, 종이 위에 그리면 '그림'이 됩니다.

서양에서 그림의 기원은, 고대 로마 시대 문인이자 정치가였던 플리니우스가 집필한 《박물지》에서 찾아볼 수 있습니다. 기원전 600년경, 사랑하는 연인을 전쟁터로 떠나보내야만 하는 한 여자가 있었습니다. 떠나게 될 남자의 등 너머로 벽에 그림자가 비쳤습니다. 전쟁에서 살아서 돌아올 수 있을지, 비참하게 죽을지 알 수 없었죠. 그녀는 연인의 모습을 오랫동안 잊지 않고 기억하고 싶었습니다. 그래서 그녀는 벽에 비친 연인의 그림자 윤곽선을 따라 그렸습니다. 플리니우스는 이것이 서양 회화의 시초라고 주장합니다. 우리말의 어원과 비슷한 점이 있죠. 그림자를 따라 그리던 그녀의 행위 또한, 아쉬움과 그리움이 그림으로 이어졌을 테니까요.

지금껏 제가 그림을 그려온 것도 마음속 수많은 그리움을 붙잡고 싶어서였는지도 모릅니다. 단순히 떠나보낸 사람이나 동물, 잃어버린 물건 등과 같은 어떤 실체가 있는 것에 대한 그리움만이 아닙니다. 잊었던 생각이나 감정, 잊고 살았던 꿈, 잃어버린 듯한 나다운 내 모습. 이 모든 것들이 그리움의 소재이며 그림의 소재였습니다.

누구에게나 삶을 힘겹게 하는 자신만의 취약점이 있을 것입니다. 성격이나 감정이나 가진 능력이나 처한 환경 등등. 대부분은 자신의 취약점을 누군가에게 잘 드러내려 하지 않죠. 사회적 체면 때문이든, 지켜야 할 것들에 대한 책임감 때문이든 우리는 애써 힘든 모습을 숨기려 합니다. 그러나 지금 내가 느끼는 감정을 속으로만 끙끙 앓고 계속 숨기면 어느새 문제가 더 커지기도 합니다. 힘든 마음을 힘들게 감추다 보면 더더욱 힘들어지기 마련이니까요.

저 또한 그러한 악순환 속에 있었습니다.

그러다 더는 잘난 내 모습이 아닌, 있는 그대로의 내 모습을 보여주고 싶었습니다. 누군가는 잘난 모습이 전부라 말할지라도, 저는 그렇게만 살고 싶지 않았습니다. 타인의 평가 기준이 아닌 나만의 기준을 '잘' 찾고 싶었습니다. 잘나지 못한 마음일지라도 '잘' 내보이고, 내가 뭘 좋아하는지 '잘' 알고, 누군가의 기대에 부응하기 위한 내가 아니라 설령 미움을 받더라도 있는 그대로의 나로 '잘' 살고 싶었습니다. 돌아보면 분명 그런 시절이 있었습니다. 누군가는 내 모습이 보잘것없다고 여기더라도, 내가 나로서 잘 산다고 느끼던 시절이. 그때의 내가 그리웠습니다. 그래서 그림을 그리고, 또 그렸습니다.

책에 실린 그림을 보고 의아해하실 수 있으리라 생각합니다. 저는 회화 작업을 주로 합니다. 그러나 종종 대여섯 살 어린아이의 그림체로 드로잉 하는 것을 좋아합니다. 일부러 선을 반듯하게 긋지 않고, 흔들거리며 어디로 갈지 모르게 그어봅니다.

반듯하진 않아도,
종종 흔들리며 넘어져도,
무한한 즐거움과 환희로 가득한 아이들이 부러워서.
그 시절의 내가 그리워서.
어린아이의 그림체로 그림을 그려봅니다.
그럴 때면 어린 시절의 나와 만나는 기분이 들거든요.

나는 이미 어른이지만 어린아이처럼 연필로 쓱쓱, 어린 시절 학교에서 선생님이 숙제로 내주던 그림일기를 써봅니다. 그림일기를 그리다 보면 순수한 나의 모습을 대면하게 됩니다. 있는 그대로의 나를 만나게 됩니다. 과거의 수많은 나 자신을 만나게 됩니다. 그러면서 내 안의 다양한 내 모습과 소통하고 협력하고, 때로는 서로를 이해하게 됩니다. 서로 위로를 주고받기도 합니다. 그동안 어른스럽게 굴기 위해 애써 외면해왔던 감정들에 더욱 진솔하게 다가섭니다. 그림을 그릴수록 내 안에 수많은 '나'가 채워집니다. 그림을 그릴수록, 나는 내가 되어갑니다. 모두가 잘 그리는 게 아닌, 날 그릴 수 있길 바라는 마음에 이 책을 썼습니다. 우리가 그려나가는 그것이 삶이든, 그림이든, 그 무엇이든 말이죠.

차례

DAY 1. 오늘은 내 마음을 들여다보았다, 참 막막했다!

DAY 2. 오늘은 친구에게 어깨를 빌려줬다, 참 뿌듯했다!

DAY 3. 오늘은 나 자신을 안아줬다, 참 애틋했다!

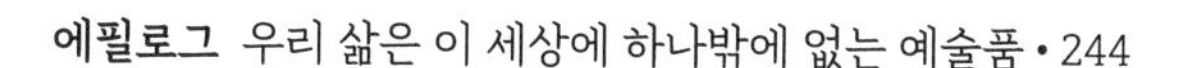

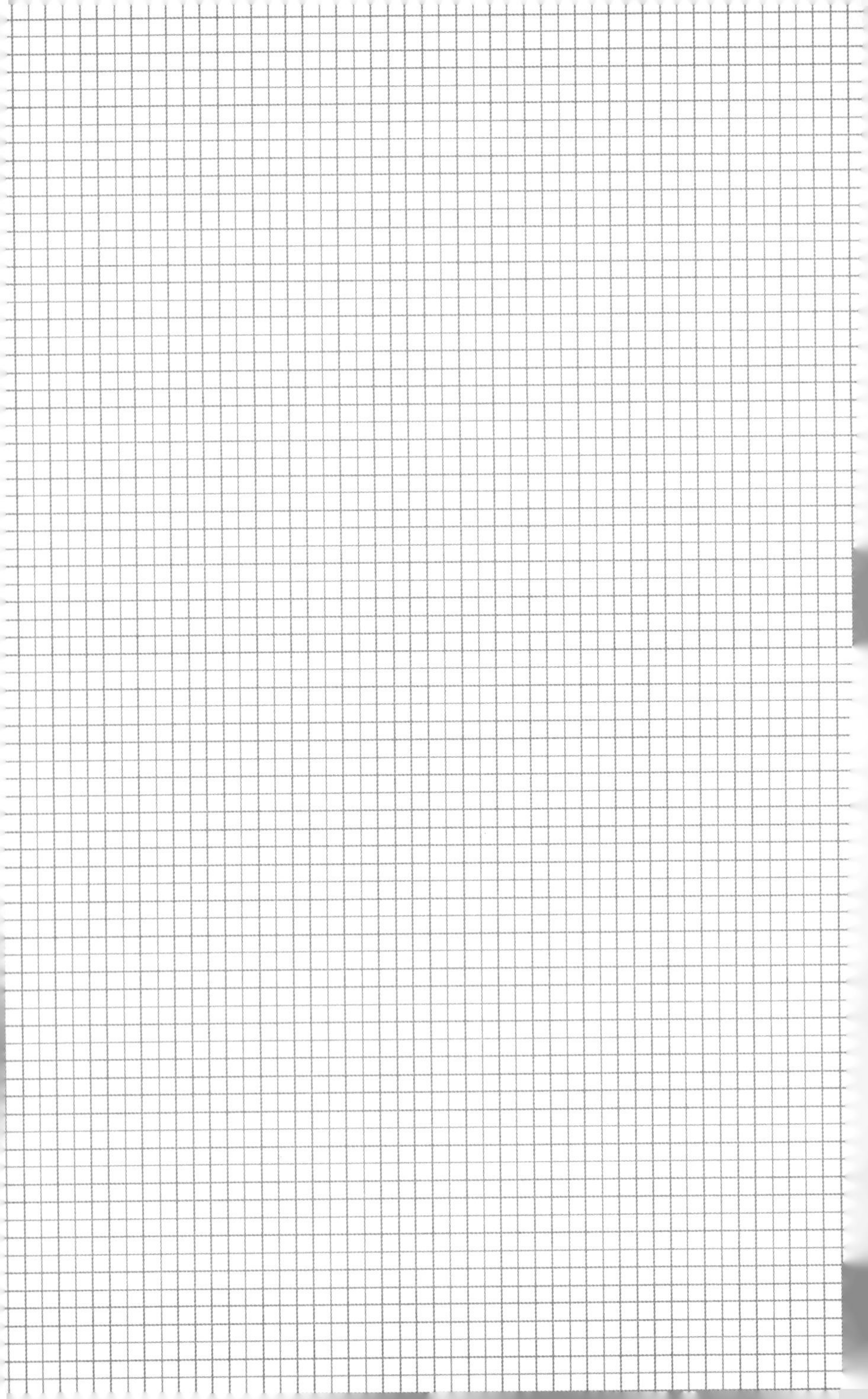

DAY 1.

오늘은 내 마음을 들여다보았다.

참 막막했다!

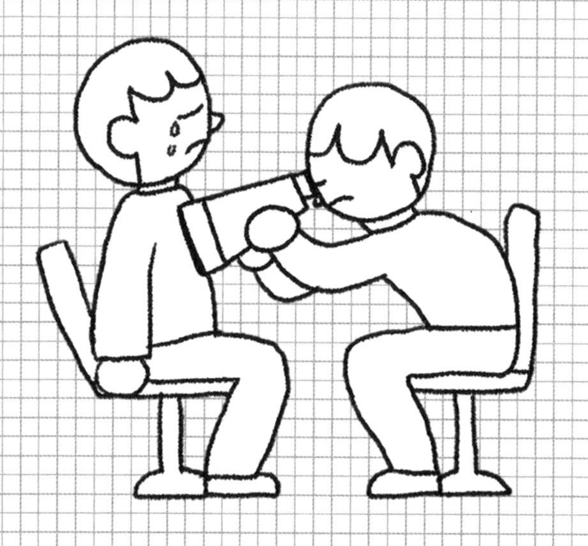

헤픈 웃음

종후군

나는 웃음이 헤픈 편이다. 누군가에게 내 우울한 마음을 얘기할 때도 웃음이 나온다. 누군가 내 화를 돋우어도 웃음부터 나온다. 성인이 된 지금만 그런 게 아니다. 어렸을 적부터 나는 웃음을 많이 지었다. 진심으로 웃겨서 웃는 게 아닌, 그런 웃음.

"그림 잘 그리네?"

"아, 하하……. 고마워."

"나도 좀 그려줄래?"

"하하……. 그래."

학창 시절, 내가 당했던 온갖 괴롭힘은 이 웃음에서 시작되었다. 중학교에 입학하자마자 드세어 보이는 한 아이가 나에게 다가왔다. 말을 걸어준 것도 반가웠고, 그림을 잘 그린다는 칭찬이 고마워서 웃으며 부탁을 들어주었다. 그 아이의 얼굴을 그려줬다. 이후엔 자기 여자 친구를 그려달라고 했다. 그려줬다. 다음 날 또 다른 걸 그려달라고 해서 또 그려줬다. 부탁을 들어주고 또 들어주었다. 그렇게 나는 거절하지 못하고 배시시 웃으며 모든 걸 다 들어주는 호구로 전락했다. 호구라는 브랜드는 점차 반 친구 몇몇에서, 학급 전체로 마케팅되었다.

아이들은 나를 놀잇감 취급했다. 그림 부탁은 놀리고, 때리고, 괴롭히는 행위로 이어졌다. 애들이 나를 툭툭 때리고 괴롭힐 때도 나는 웃기만 했다. 내가 화를 내면 혹여 상대가 더 싸울 기세로 덤벼들 것 같은 두려움이 앞서서였다.

나는 싸움이란 걸 해본 적이 없었다. 그 시절의 나는 '화'라는 감정을 표출해본 적도 없었다. 화를 낸다는 행위 자체가 내겐 너무나 낯설었다. 그렇기에 더욱 용기가 필요했을 것이다. 하지만 그 당시 나는 용기를 내는 방법 또한 알지 못했다. 내가 할 수 있는 일이라고는 그저 웃는 것뿐이었다. 웃는 얼굴에 침 못 뱉는다고들 하지만, 그들은 내게 침을 뱉었다.

성장기에 내가 짓던 대부분의 웃음은 일종의 방어기제였다. 그리고 비슷한 상황이 반복되면서 방어기제가 고착되었다. 그래서인지 불편한 상황에서 반사적으로 웃는 습관은 성인이 되어서도 잘 고쳐지지 않았다. 대신, 나처럼 잘 웃는 누군가를 만나면 동질감 같은 게 느껴졌다. 왠지 나와 비슷한 사람이 아닐까 싶어서.

친한 친구와 오랜만에 만나 술자리를 가진 날이었다. 서로의 근황을 나누며 즐겁게 수다를 이어갔다. 술자리가 무르익을 때쯤, 친구는 며칠 전 연인과 이별했다고 털어놓았다. 술자리 내내 친구의 얼굴엔 유쾌함만 가득 차 보였는데. 그래서 물었다.

"뭐야? 괜찮은 거 맞아?"

"어. 괜찮은데?"

"안 슬퍼?"

"슬프지."

"근데 왜 이리 웃기만 해."

"찌질해 보이기 싫으니깐."

찌질해 보이기 싫어서 슬픔이 아닌 웃음을 택한 친구에게, 나 역시 웃어넘기며 답했다.

"새삼스레 뭘 찌질해 보이기 싫대. 너 원래 찌질했어! 크크크."

"뭐래! 됐고 술이나 마시자."

친구 성격상 감상에 젖는 걸 좋아하지 않아('남자는 우는 거 아니야' 같은 고리타분한 관념에 사로잡힌 성격이기도 하고) 이별에 관해 깊게 묻지 않았다. 자연스레 화제를 돌려 얘기를 나누며 마지막 남은 술을 비웠다.

그때 문득, 나만 웃음이 헤픈 게 아니구나 하는 생각이 들었다. 친구도 웃음이 헤펐다. 그러고 보면 흔히 사회성 좋다는 사람들은 대부분 웃음이 잦은 경향이 있다. 공적으로든 사적으로든 이루어지는 인간관계들 속에서 심각한 갈등이 아닌, 비교적 사소한 갈등들은 서로가 웃으며 대화할 수만 있다면 대부분 봉합되기 마련이다. 이러한 점을 우리는 사회생활과 수많은 인간관계를 통해 알게 모르게 학습해나간다. 양쪽 다 웃음을 짓는 건, 인간이 사회적 동물이라는 사실을 반증하기도 하고.

사실 무엇이든 지나쳐서 문제다. 웃음을 지어내는 일이 반복되고 익숙해지다 보면, 가끔 내 앞에 놓인 상황을 제대로 분별하지 못한 채 무심코 웃어버리고 만다. 반자동적인 웃음. 실제 자신의 감정과는 상관없이 웃음을 내보이는 행위를 '스마일 페이스 증후군'이라고 한다. 주로 웃는 얼굴로 서비스하는 감정노동자들에게 나타나는 증상이다. 언제나 밝은 모습을 유지해야 한다는 강박에 자신의 솔직한 감정을 제대로 발산하지 못한다. 그렇기에 심리적으로 불안정해진다. 나는 그것을 '헤픈 웃음 증후군'이라고 부르기로 했다.

웃음을 지을 때 열일곱 개의 얼굴 근육을 사용한다고 한다. 인간의 얼굴에는 대략 마흔세 개의 표정 근육이 있다. 근육을 어떻게 조합하느냐에 따라 수천수만 가지의 표정을 지을 수 있다. 각각의 표정에 대응하는 단어를 다 붙일 수 없을 만큼 수

많은 표정이 존재한다. 똑같이 헤픈 웃음이라도 그 웃음 뒤에 숨은 감정은 저마다 다르다. 우리가 느낄 수 있는 감정은 비교할 수 없을 만큼 풍부하다. 표정이 행성이라면, 감정은 광활한 우주와도 같다.

나처럼 웃음이 헤픈 그 친구와의 술자리가 끝날 때쯤, 나는 말했다. 유쾌한 수다 속에 지나가듯이, 너무 진지하지 않게.

"웃음은 표정이지 감정이 아니더라."

제목 운동은 힘들어 날씨

43개 표정근육 중 17개만 발달하고 26개 근육량은 현저히 부족했다. 학창시절에 날 괴롭혔던 친구를 만나기 전에 미리 정색하는 근육을 키웠어야 했는데...

아름다운 우울

'우울'이란 단어는 한자로 이루어져 있다. 근심할 우憂에 울창할 울鬱을 쓴다. 근심이 울창할 정도로 꽉꽉 들어차 있는 상태를 말한다. 울鬱에는 '답답하다'라는 뜻도 있다. 여유가 없으니 답답할 수밖에 없다. 심지어 울鬱이란 한자의 획수는 무려 29획이다. 굉장히 복잡하고 꽉꽉 차 있고 답답한 느낌을 준다. 憂鬱, 한자 모양새마저 우울한 느낌 그대로이지 않나 싶다.

궁금했다. 이 우울이라는 단어의 뒷글자인 울鬱에는 또 어떤 뜻이 담겨 있을까 검색해보았다. 그리고 꽤 재미난 점을 발견했다. 복잡하게 얽힌 한자의 모양새처럼 굉장히 다양한 뜻을 품고 있었다. 한번 나열해보자.

1. 답답하다

2. 우울하다

3. 울적하다

4. 울창하다

5. 우거지다

6. 무성하다

7. 향기롭다

8. 화려하다

9. 찬란하다

10. 아름답다

11. 그윽하다

12. 빛나다

울鬱이라는 한자는 마냥 부정적인 뜻을 가진 단어가 아니었다. 향기롭고, 화려하고, 찬란하고, 아름답기까지 한 단어라는 사실이 새삼 놀라웠다.

김형태 에세이 《너, 외롭구나》에는 '아름다움'에 관해 다음과 같은 문장이 나온다. "소설가 박상륭 선생의 표기에 따르면, '아름다움'이란 '앓음다움'입니다. '앓은 사람답다'는 뜻이 되겠죠. 고통을 앓은, 아픔을 겪은 사람, 고뇌한 사람, 혼돈의 현실 속에서 번민하고 갈등하고 아파한 사람다운 흔적이 느껴지는 것. 그것이 앓음다운 사람, 아름다운 사람이랍니다." 비유하자면 번데기가 누에고치를 힘겹게 뚫고 나오는 과정은 앓음답기에 아름답고, 번데기의 고단한 발버둥이 있기에 날개를 펼친 나비도 아름다운 것이다.

지난날, 정말 수도 없이 우울을 느끼며 삶을 버텨왔다. 힘겹고, 아프고, 고통스러움에 몸부림치면서. 그러나 그렇게 한차례 우울이란 감정이 지나가고 나면, 그 감정을 버티고 인내한 나 자신이 조금은 강인해진 느낌을 받을 수 있었다. 비 온 뒤에 땅이 단단해지듯이.

단단함을 상징하는 다이아몬드는 지하 깊은 곳에서 오랜 시간 엄청난 압력과 열에 저항하며 형성된다. 다이아몬드는 앓음하는 광물이다. 원석 형태의 다이아몬드는 아직 우중충한 빛을 띤다. 또 한 번의 노력과 연마를 거쳐야만 우리가 사랑하는 '다이아몬드'가 된다. 찬란한 빛을 내뿜는 아름다움. 이와 마찬가지로, 우울을 통과하는 과정에서 우리는 우리 안에 내제된 강인함과 가치를 발견하고 어떤 형태로든 성장해나갈 수 있는 것 아닐까? 답답하고, 우울하고, 울적하다는 뜻만 있는 줄 알았던 '울'이라는 글자에 화려하고, 찬란하고, 아름답다는 뜻도 있는 것처럼.

생각할수록 '우울'이란 참으로 경이로운 단어이자 신비로운 감정이다. 그리고 우울을 느끼는 우리는 모두 아름다운 인간이다.

제목 나 답게 살래! 날씨

응! 우울한것도 나다운거니깐

넌 우울한 모습
숨기고 싶지않아?

앓음다움에서 '다움'은 순
우리말로 '~답다'를 뜻한대
앓음다움 → 앓음답다 → 아름다움 인거지
그럼 우울할때 앓고있는
주체는 나자신 일테니깐
앓음다움은 곧 나다움인
거네? 우울은 나다운것!

다 그렇다고요? 아닐걸요?

안경을 벗고 흐릿하게 거울에 비친 내 얼굴을 보면 잘생긴 것 같다. 다시 안경을 쓰고 얼굴의 실체를 보면 자각한다. 잘생긴 외모는 아니구나. 만약 시력이 뛰어나 현미경처럼 더 세밀하게 들여다볼 수 있다면? 피지와 각질, 심지어 모낭충이 기어다니는 것까지 보인다면? 내 얼굴이지만 엄청난 혐오감이 들 것이다.

어렸을 땐 세상이 마냥 아름답게 보였다. 세상을 흐릿하게 바라봤기 때문이다. 세상 물정 모를 나이라는 말이 괜히 있는 게 아니다. 대부분 나이가 들면서 세상을 알아간다. 더 구체적이고 사실적으로 바라보게 된다. 세상은 실체를 알면 알수록 무서운 곳이었고, 각박하고 냉담한 현실을 깨닫자 혐오감이 들었다. 더불어 위선과 가식으로 점철된 인간에 대한 혐오감도.

나이를 먹을수록 나 자신에 대한 생각이 구체화된다. 생각이 구체화될수록 나의 실체를 알아간다. 흐릿한 실체가 더욱 선명해진다. 그러한 점이 나를 두렵게 만들었다. 이전에는 미처 알지 못했던 나의 모습. 자신을 구체적으로 바라보니 나는 굉장히 이기적이고 열등감도 많고, 콤플렉스도 심하고, 어둡고, 우울하고, 무력하고, 허무에 사로잡힌 사람이었다. 그 사실을 깨닫자 자기혐오가 점점 커져갔다. 그렇게 20대를 보냈다.

"다 그렸어요."

"아닐걸요?"

수강생들에게 그림을 가르치면서 가장 많이 나누는 대화이다.

예를 들어 한 수강생이 밤하늘이 담긴 풍경 사진을 모작하고 있다. 사진 속 밤하늘은 달도 별도 없이 새까맣기만 하다. 수강생은 검은색 물감을 듬뿍 짜서 밤하늘을 칠하기 시작한다. 밤하늘을 빈틈없이 검은색으로 칠한 뒤에 그림을 완성했다고 말한다. 그 말을 들은 나는, 아직 완성되지 않았을 거라 답한다. 수강생은 더는 그릴 곳이 없다고 호소한다. 나는 다시 모작하는 사진을 가리킨다. 밤하늘의 새까만 부분을 좀 더 '구체적으로' 보라고 가르친다.

얼핏 보면 검은색이 맞다. 어떤 밤하늘 사진을 보느냐에 따라 그 정도가 다르게 느껴지긴 하겠지만, 중요한 건 밤하늘은 검은색 한 가지만으로 이뤄지지 않았다는 점이다. 붉은빛의 검정, 푸른빛의 검정, 초록빛의 검정 등등 다채로운 빛이 섞여 있다. 그러니 절대 검은색 물감 한 가지만으로 표현할 수 없다. 사진 속 밤하늘이든, 현실에서 우리가 보는 밤하늘이든, 밤하늘은 검은색이 아닌 검은빛을 띠고 있다. 검은빛은 검은색 물감 단 하나만으로 표현될 수 없다. 때에 따라 검정과 상관없어 보이는 빨강, 노랑, 초록 물감을 같이 써야만 한다.

다 칠했다고 하지만, 다 칠한 게 아니다. 색감을 구체화하면 할수록 얼핏 보이는 한 가지 색깔에도 다채로운 색이 숨어 있음을 알게 된다. 색칠뿐만이 아니다. 연필만으로 묘사할 때도 마찬가지다. 다 그렸다고 해서 더 그릴 곳이 없는 게 아니다. 대상을 구체적으로 바라보고 또 바라보면 더 그릴 수 있는 부분이 여전히 많이 남아 있다고 수강생들에게 말한다.

그래서 나는 수강생들이 "구체적으로 다 그렸어요."라고 하면 "아닐걸요?" 하고 답한다.

30대가 되고 나서 구체적인 작업을 더 이어나갔다. 세상에 대한 혐오, 인간에 대한 혐오, 자기혐오 등등 온갖 혐오감을 품어왔던 나 스스로를 더 자세히 구체화하는 작업을. 그러면서 다시 배울 수 있었다. 생각보다 나는 어둡고, 우울하고, 무력하고, 단점도 많았다. 그럼에도 지금까지 삶을 잘 버티고, 어떻게든 살아가고 있다는 사실을 깨달았다. 내 안에도 끈기와 열정이 있다는 사실을 발견했다. 어두운 색상이라고 여겼던 내 모습에도 다채로운 색이 섞여 있었다.

나는 나를 혐오했지만, 이런 나를 여태껏 있는 그대로 좋아해주는 이들이 곁에 존재한다는 사실도 발견했다. 세상은 각박하고 현실은 냉담하지만, 그럼에도 따뜻한 인정을 나누는 사람들이 주변에 많다는 것을 알게 됐다. 칙칙한 색상이라고 여겼던 인간 세상에도 다채로운 색이 섞여 있었다.

다 칠했다고 하지만, 다 칠한 게 아니다. 내 앞에 펼쳐진 이 세상과, 세상을 바라보는 나 자신을 구체화하고 또 구체화하다 보면 꼭 혐오라는 물감 한 가지 색으로만 채울 수 없다는 점을 알게 됐다. 그런 의미에서 내 얼굴도 다시금 구체적으로 바라본다면?

아니. 어떤 것은 선택적으로 흐릿하게 보는 것도 괜찮은 듯하다. 더 흐릿하게, 더더욱 흐릿하게…….

제목	여자들의 화장품	날씨	☼ ☁ ☂ ☃

이건 코랄 입니다
이건 핑크 이건 피치
이건 로즈 이건 버건디

다 빨간색
아닌가요?

수강생

립스틱

남자들은 잘 모르지만 '레드립'이라고 해서 다 같은 빨강이 아니라구! 빨강을 구체화하면 수많은 색상이 있다. 밤하늘은 그리던 세상을 바라보던 나자신을 바라보던 마찬가지!

나라는 이름의 추상화

"추상화 같은 건 나도 그릴 수 있겠다. 대충 물감 휘갈기고 그럴싸한 의미 갖다 붙이면 되는 것 아니야?"

그림에는 구상화와 추상화(비구상화)라는 개념이 있다. 아마 미술을 잘 모르는 사람들에겐 대충 이런 느낌일 것이다. 한눈에 이해하기 쉬운 그림은 구상화, 몇 번을 거듭 봐도 이해되지 않는 그림은 추상화.

추상화를 제대로 알기 위해선, 구상화와 추상화의 개념적 차이를 이해해야 한다. 구상화具象畫에서 구는 '갖출' 구具 자를 쓴다. 현실에서 '갖추어진' 것, 실체가 '갖추어진' 것과 같이 이미 갖추어진 것을 토대로 형상화한다는 뜻이다. 꽃이든 과일이든 사람이든 동물이든 풍경이든 우리가 모두 살면서 눈으로 직접 그 실체를 보았던 대상을 토대로 그림을 그리는 것이다.

그렇기에 사실적이고 입체적이고 현실적이다. 인간이 살아가는 현실과 비슷한 상을 '갖추고' 있으니, 구상화는 누구나 이해할 법한 객관성을 띤다.

그럼 많은 이들이 이해하기 어려워하는 추상화는 무엇인가. 추상화抽象畫에서 추는 '뽑을' 추抽 자를 쓴다. 어떤 특징을 일부 '뽑아서' 형상화한다는 뜻이다. 예를 들어 위성 사진을 가지고 지하철 노선을 설명한다면 그것은 구상화의 범주에 속할 수 있지만, 우리가 많이 보는 앱이나 지하철 벽면에 그려진 지하철 노선도는 추상화의 범주가 된다. 이러한 개념으로 접근했을 때, 빨간 꽃의 실제적인 형태를 다 그려내는 게 아니라 빨간색만 '뽑아내어' 캔버스에 칠하면 추상화가 되는 것이다.

또한, 구상화는 실체가 갖추어진 것을 토대로 형상화하지만 추상화는 실체가 갖추어지지 않은 것을 표현하기도 한다. 가령 사랑이라는 감정은 어떤 형태나 이미지가 없다. 그런데 우리는 사랑을 어떻게 그리나? 하트로 그린다. 하트 모양이 처음 어떻게 만들어졌는지에 대한 설은 다양하지만 중세 유럽에서 유래되었다는 설이 일반적이다. 중세 유럽인들은 사람의 마음이 심장에 있다고 믿었고, 그래서 사랑을 고백할 때 심장이 뛴다고 표현했다. 마음이 곧 심장이기 때문에 심장의 형태에서 특징을 '뽑아서' 그린 그림이 하트 모양인 것이다. 그러니 하트는 추상화인 셈이다.

하트라는 이미지가 처음 나왔을 당시 사람들은 하트 그림을 분명 난해하게 받아들였을 것이다. 마치 지금 우리가 갤러리에서 보는 추상화 작품들을 어렵고 난해하게 느끼는 것처럼 말이다. 이해하기 어려운 추상화의 창작 배경이나 의도에 관한 작품 설명을 듣고는 "뭐야, 꿈보다 해몽이네."라며 약간 비아냥거리는 사람들도 있다. 하지만 사람들 대부분은 이미 현실에서 수많은 추상화를 받아들이고 있다는 사실을 모른다. 숫자가 그려진 분홍색 종이, 초록색 종이, 노란색 종이를 누군가에게 받을 때마다 그렇게들 좋아한다. 지폐야말로 사람들이 가장 사랑하는 추상화이자, '꿈보다 해몽'을 넘어 해몽이 현실을 장악한 사례가 아닌가 싶다. 아직 돈의 가치를 모르는 어린아이는 돈이 수중에 들어오는 기쁨을 알지 못할 것이다. 추상화도 마찬가지다. 우리는 알게 모르게 수많은 추상화를 접하며 살고 있지만, 그 의미나 가치를 알지 못하면 제대로 즐길 수 없다.

추상화의 가치를 알기 위해 추상화를 직접 그린다고 생각해보자. 추상화를 작업하기 위해 중요한 것은 대상에서 무엇을 뽑아 그려낼 것인지 고민하는 일이다. 예를 들어 부모님을 추상화로 그려낸다면? 부모님의 얼굴을 들여다보자. 깊은 주름에서 세월의 무게를 뽑아낼 수 있다. 만약 표정을 살핀다면 부모님의 마음을 뽑아낼 수 있을 것이다. 이 과정을 통해 세월의 깊이도, 마음의 깊이도 들여다볼 수 있다. 타인을 긴밀하게 이해하는 것이다.

자신을 볼 때에도 마찬가지다. 우리의 마음은 추상화에 가깝다. 마음은 눈에 보이지 않으며, 무엇을 보느냐에 따라 감정이 변화한다. 자신의 마음을 추상화로 표현하고자 한다면 우리는 내면을 깊숙이 들여다보게 될 것이다. 이 추상적 마음이 슬픔인지, 기쁨인지. 마음을 파고들다 보면 그 밑에 수많은 뿌리가 숨겨져 있다는 사실을, 뿌리에 무엇이 대롱대롱 걸려 있는지를 알게 된다. 그렇기에 마음을 추상화로 그리는 일은, 자신의 감정을 한층 더 이해하게 되는 과정들을 수반한다.

결국 추상화를 그리다 보면 보이는 대상이든 보이지 않는 대상이든 그 대상과 더욱 긴밀해진다. 부모님의 얼굴에서 세월의 무게를 느끼고, 자신의 마음속에 무엇이 있는지를 들여다보게 된다. 서로가 서로를 더 깊이 이해한다. 그 서로가 나와 나일지라도 말이다.

어쩌면 나와 내가 긴밀해지고, 타인과 긴밀해지고, 세상과 긴밀해지기 위해서 추상화라는 개념이 생겨났을지도!

제목 뽑았다!

날씨

문방구에서 뽑기를 했다
뽑기판에 수많은 종이 중
하나를 뽑았다. 그리고
뒷면을 봤다. 헉! 막대사탕
당첨! 너무너무 신났다!
겉으로 알수 없지만 뭐든
뽑아봐야 알수 있구나!

잠시만요,
뒤로 나와서 캔버스 전체를 보세요

썩은 나무들이 즐비한 숲속 한가운데 놓여 있었다. 오래도록 그곳에서 빠져나오지 못했다. 어두컴컴하고 갑갑한 숲속에서 방황했다. 외로움에 미칠 듯이 소리쳐보았다. 두려움에 목 놓아 울었다. 그러나 상황은 달라지지 않았다. 인생에서 누구나 한 번쯤 암울한 시기를 겪을 것이다. 그 시기가 나에겐 유난히 길었을 뿐.

떠올리고 싶지 않아도 떠오르는 과거의 기억들이 나를 단단히 옭아맸다. 썩은 나무들이 즐비한 암울한 숲속의 이미지는 공포 그 자체였다. 등골에 식은땀이 솟는. 두려움에 온몸이 떨리는.

매일같이 술에 취해 난동을 피우던 아버지, 매일같이 괴롭히던 그 일진의 표정. 나의 서투름에 모두가 등을 돌렸던 날. 홀로 작업실에서 자살 시도를 해 병원에서 깨어났던 날. 기억하고 싶지 않은 모든 순간이 악몽으로 투사될 때. 또다시 암울한 숲속에 나 홀로 덩그러니 남겨질 거라는 불안감이 엄습했다.

'앞으로 그런 일은 없을 거야.'

스스로를 다독여보아도, 숲 이미지가 떠오르는 순간 자체가 고통스러웠다.

암울한 숲속에서의 경험은 나를 그림 그리게 했다. 우울, 슬픔, 두려움, 불안, 고통과 같은 부정적인 감정을 느낄 때면 항상 그림을 그렸다. 처음에는 부정적인 감정을 회피하고 싶어서 그림을 그렸다. 즐겁고 행복하고 예쁘고 따뜻한 그런 그림을. 어느 순간부터는 부정적인 감정 그 자체를 그렸다. 암울한 숲속을 그렸다. 그곳에서 보았던 이미지들을 몽땅 그림으로 옮겼다. 내 그림을 본 사람들은 말했다.

"왜 이렇게 우울하고 어두운 그림만 그려요?"

"제가 힘들어서요."

"그런 때일수록 더 밝은 그림을 그려야 하는 거 아니에요?"

속으로 생각했다. 암울한 숲속을 그리는 행위는 곧, 트라우마를 나의 과거에서 꺼내어 그림 속으로 집어넣어 봉인하는 일이라고. 암울한 숲의 이미지가 현재의 나에게 어떠한 영향력도 행사하지 못하게끔 말이다. 나는 나만의 방식으로 그림을 그리며 스스로를 단단하게 변화시켜나갔다.

오롯이 나를 위해 그림을 그렸는데, 어느새 누군가에게 그림을 가르치고 있다. 그림을 처음 배우는 사람들은 시선의 움직임이 자유롭지 못하다. 캔버스에 그림을 그리다 보면 자신이 표현하는 곳으로 시선이 모인다. 그려야 할 부분으로 시선을 집중하는 것이지만, 사실은 시선이 좁아지는 셈이다. 그 상태로 채워나가면 그림이 엉성하게 완성된다. 특정 부분에 디테일을 끝내주게 표현했다 하더라도 중간중간 캔버스 전체를 보지 못하면 디테일에 쏟았던 시간과 공이 전부 헛수고가 될 수도 있다. 그림은 작은 부분 부분들이 모여 전체적인 균형과 조화를 이루어야 하기 때문이다. 특정 부분의 디테일에 매달리더라도 시선이 좁아지지 않도록 주의해야 한다. 그래서 그림을 오래 그린 사람들은 캔버스에 달라붙어 그리다가도 중간중간 뒤로 멀리 나와서 다시 본다. 작품 전체를 바라보는 것이다, 습관처럼. 하지만 그림이 익숙하지 않은 사람들은 자기 시선이 좁아지고 있다는 사실을 잘 인지하지 못한다. "잠시만요, 뒤로 나와서 캔버스 전체를 보세요." 나는 습관처럼 말한다. 나무가 아닌 숲 전체를 바라보는 시선을 습관화시키기 위해.

익숙하지 않은 환경에 놓인 사람은 시선의 움직임이 자유롭지 못하다. 그렇다면 암울한 숲속에서 나 또한 마찬가지였을 것이다. 그때의 상황, 당시에 느꼈을 감정들이 나에게 익숙하지 않았을 테니 별다른 수가 있었을까? 어쩌면 그 당시 나는 시야가 제한된 상태에서 썩어버린 나무들만 바라봤을 수 있다. 그림을 그리다 중간중간 뒤로 멀리 나와서 캔버스 전체를 바라보듯이, 높은 곳에 올라가 숲 전체를 바라봤다면 그 숲이 마냥 암울하게만 느껴지지 않았을 수도 있었을 텐데, 생각한다.

그림을 그릴 땐 특정한 한 부분에만 빠져들면 안 된다. 전체를 보면서 조화롭게 그려내는 것이 중요하다. 내게 주어진 삶을 조화롭게 완성하기 위해서도 마찬가지다. 그러니 과거에만 시선을 두어서는 안 된다. 잠시만. 뒤로 나와서. 현재와 미래, 그리고 나를 이루고 있는 전체를 바라보면 알게 된다.

'암울한 숲은 정말 작은 숲이었구나.'

나를 괴롭히던 고통과 우울은 두려워할 필요도 없을 만큼 쪼그마한 녀석이란 걸.

제목
어렸을적내사진
날씨
나는 왕이다!
난 쪼매난 꼬맹이에 불과했다. 그땐 내가 되게 커다란 줄 알았는뎅.. 생각해보니 암울한 과거도 되게 작은 덩어리에 불과했다! 과거에서 멀리 나와서 돌아보니깐.

나를 너무 사랑하지 말자

흔히 '나를 사랑해야 남을 사랑할 수 있다.'라고 말한다. 하지만 이 말은 말장난에 불과하다. 오히려 인간은 어느 정도 자신에게서 미흡함과 결핍감을 느끼는 게 낫다. 누구나 그렇기 때문이다. 그렇기에 미흡과 결핍이 있는 자들끼리 서로 공감하는 것이다.

미흡과 결핍이 없는 사람이 세상에 존재할까? 혹여 그런 완벽한 인간이 있다면 나와 다른 세계에 사는 사람처럼 느껴질 것이다. 그런 사람과 공감대를 쉽게 형성할 수 있을까? 오히려 이질감만 들고 불편할 것이다. 우리는 같은 세계의 부족한 인간이기에 서로에게 감정 이입을 할 수 있다. 그리고 서로에게 감정 이입 할 수 있는 관계에서 비로소 애정이 싹튼다.

나 자신을 너무 사랑하는 것은 어찌 보면 자의식 과잉이다.

자기애가 넘치는 사람이 누군가를 사랑할 이유가 과연 있을까? 혼자 있는 것만으로도 마음이 충만할 것이다. 그런 사람은 마음에 틈이 없다. 마음에 틈이 없으니 누군가가 들어올 자리가 없다. 사랑이란 단어를 별로 좋아하진 않지만, 어쨌거나 사랑이 있다면 서로의 마음 한 자리에 안착하는 일일 것이다. 그러니 사랑은 마음속에 틈이 있어야 가능한 일이다.

나 자신을 전부 사랑하기 위해 애쓰지 말자. 그런 강박에서 벗어나는 편이 오히려 마음이 편하다. 미흡함과 결핍감을 받아들이자. 부족한 인간이라고 인정하자. 마음의 틈을 억지로 채우려고 하지 말자. 나 자신을 너무 사랑하지 못하기에, 우리는 한낱 부족한 인간이기에 서로를 사랑으로 메울 수 있는 것이다.

'나를 사랑하지 말자.'라고 해서 나를 미워하라는 뜻은 아니다. '나를 미워하지 않아야, 남을 미워하지 않는다.'가 맞는 말이다. 미워하지 않는 곳에서 사랑이 시작될 테니.

제목 사랑과우정사이
날씨
사귀는게 고민될땐 상대
랑 키스하는걸 상상해보
래. 근데 내가나랑 키스
하는걸 상상해보니. 우웩
절대못할듯! 내자신과 사
랑은 못해도 미워하지않
는 친구사이는 가능할듯

이상한 너를 닮고 싶어서

어렸을 적 엄마는 종종 집에서 혼자 술을 마셨다. 대체 왜 혼자 술을 마시는지 의아했다. 말할 대상도 없이 혼자서 조용히 술잔을 기울이는 게 무슨 재미가 있을까? 어렸던 나는 그런 엄마의 모습이 괜스레 낯설고 이상했다. 성인이 되었다. 그리고 엄마의 낯설고 이상한 행동을 나도 모르게 똑같이 따라 하고 있었다. 혼술을 즐기게 된 것이다.

옛 여자 친구들에 대해 이야기를 해보자. 20대 초반에 사귀었던 A는 시를 좋아했다. A의 집에는 시집이 가득했다. 집에서 데이트할 때면 A는 종종 시집을 읽었다. 내게 시라고 하면 중고등학생 때 교과서에 실린 지문을 대충 훑어 본 게 전부였다. 수업 시간에 배우는 시는 내겐, 너무나도 난해하고 어려운 텍스트에 불과했다. 그러니 시를 읽는 A를 보면 대체 무슨 재미로 읽는지 의아할 따름이었다. (A는 이상의 시를 좋아했는데, 그의 시를 읽어보니 정말 이상했다.)

그녀와 교제를 이어가던 어느 날, 혼자 서점에 갔다. 우연히 매대에 놓인 시집을 보았는데 마음속 무언가에 이끌려 구매를 해버렸다. 그렇게 나는 시를 처음 접했다. 그 매력에 빠져 한동안 다양한 시를 읽는 재미에 푹 파묻혀 지냈다. 그 후로 이상은 나에게 최고의 작가가 되었다.

B는 고양이를 키웠다. 당시에는 고양이를 키우는 사람들이 지금처럼 많지 않았다. 그래서인지 고양이를 키우는 B가 괜히 신기해 보였다. 고양이가 대체 무슨 매력이 있기에. 강아지처럼 주인을 잘 따르는 것도 아니고, 혼자 촐싹대다가 갑자기 도도해지고, 반려동물 중 가장 이상한 동물이지 않나? 집 안을 난장판 만들어놓는 고양이에게 우쭈쭈 애정을 다하는 B가 괜히 고생스러워 보였다. 집사가 된다는 건 뭔가 번거로운 일이라 여겼다.

그러던 어느 날, 나의 작업실 '이모랩' 주변에서 새끼 고양이를 발견했다. 깊은 하수구 같은 곳에 빠져 나오지 못하고 있던 고양이를 사람들이 몰려와 구출했다. 순간 무엇에 홀렸는지 새끼 고양이를 키우고 싶다고 말했다. 그렇게 초보 집사가 되었고, 오랜 기간 고양이와 함께 동고동락하게 되었다.

C는 힙합 음악을 좋아했다. 나에게 힙합은 종종 〈쇼미더머

니〉를 보면서 알게 되는 노래가 전부였다. 알긴 알아도 그렇다고 잘 아는 분야는 아니었다. 반면에 C는 나와 함께 있으면 쉬지 않고 힙합만 들었다. 심지어 한번 꽂힌 곡은 몇 시간 내내 무한 반복으로 틀어댔다. 옆에서 듣고 있는 내가 어지러울 정도로 말이다. 또한 같이 노래방에 가면 역시나 주야장천 랩을 했다. 잘하는 것도 아니고 진짜 이상하게 불렀다. 그럼에도 불렀던 곡 또 부르고 또 부르고 또 부르고.

그러던 어느 날, 이모랩 출근길에 이어폰으로 노래를 듣고 있는데 유튜브 뮤직 알고리즘 탓인지 대뜸 힙합 곡이 흘러나왔다. 뭔가 익숙한 느낌이 들었는데 알고 보니 C가 노래방에서 불렀던 노래였다. 반가운 마음에 몇 번 연속으로 들었더니 어느 순간 내 플레이리스트에 힙합 음악이 가득 차 있더라. 게다가 나도 노래방 가면 최신 힙합이나 불러볼까? 하는 생각에 혼자 어설프게 랩을 따라 했다. 그런 내 모습이 어찌나 우스꽝스럽던지…….

이렇듯 평소엔 관심도 없고 이상하다고 여기는 일들에 나도 모르게 관심이 생기는 이유는 무엇일까? 엄마를 따라 혼술을 하고, A를 따라 시를 읽고, B를 따라 고양이를 키우고, C를 따라 힙합을 들었다. 대체 나는 왜 그들을 따라 했을까?

요 며칠 그러한 고민에 빠져 생각을 곱씹어보았다. 그러다 한 가지 알게 된 사실. 내가 따라 했던 대상들을 보면, 언제나 그 상대에 대해 더 자세히 알고 싶어 하는 욕망이 내게 존재했다. 어릴 적에는 엄마가 혼술을 하는 게 이상해 보였다. 그럼에도 내가 무의식적으로 엄마를 따라서 혼술을 했던 이유는, 당시에 엄마가 어떤 기분과 감정을 느끼고 있었는지를 알고 싶어서가 아닐까? A, B, C를 따라 했던 이유 역시 마찬가지고. 나아가 그 대상과 같은 행동을 함으로써 일종의 '공감대'를 형성하고 싶었던 건 아니었을까? 같은 행위를 통해 각자가 느끼는 감정을 공유하고, 그 과정에서 정서적 '교감'을 원했던 건 아닐까?

흔히들 사랑하는 사람들은 얼굴이 닮아간다고 한다. 사랑하기 때문에 상대방이 웃으면 덩달아 나도 웃게 되고, 상대방이 슬퍼하면 덩달아 나도 슬퍼하게 된다. 그 과정을 반복하다 보면 상대방이 표정을 지을 때 쓰는 미세한 얼굴 근육의 움직임을 자신도 모르게 학습하게 된다는 것이다. 이렇듯 얼굴 근육의 움직임조차 비슷해지니 연인이 서로 닮아간다는 설은 어느 정도 신빙성 있어 보인다.

이상하다고 여겼던 그들의 행동과 취향을 따라 한 일이 결과적으로 그들과 정서적으로 닮고 싶은 마음에서 비롯된 것이었다면, 여태껏 사랑에 대해서 어렵게만 생각했지만, 이런 걸 대충 퉁쳐서 '그들을 사랑했기 때문'이라고 말하고 싶다.

제목
'따'로 시작하는~
날씨
어렸을 땐 엄마를 따라다
녔다. 사춘기엔 엄마에게
따졌다. 성인이 되고 엄마
와 따로 지냈다. 나이 들어
선 예전 엄마 모습을 따
라 했다. 그리고 알았다!
난 엄마를 따랑하는구나

뒤늦게 발견한 선물

우리는 어디서부터, 어떤 경험을 추억으로 떠올릴까? 모든 기억이 반드시 행복한 것만은 아니다. 그런 면에서 어린 시절의 등산 경험은 내게 좋은 추억으로 간직될 만한 일이라 생각지 못했다.

어린 시절, 주말이면 부모님과 등산을 다녔다. 근데 그게 그렇게도 싫었다. 산은 보기만 해도 충분히 아름다운데 왜 굳이 올라가야 하는지 이해할 수 없었다. 이 힘든 걸 왜? 굳이? 투덜대면서도 어쩔 수 없이 부모님과 동행하여 산을 올랐다. 막상 가면 공기는 좋다는 건 성인이 된 지금에야 느낄 수 있는 것이고, 당시에는 산에 가서 좋게 느껴지는 점이 단 하나도 없었다. 나무만 빼곡히 있는 산의 풍경은 너무나 단조로웠다. 등산로를 따라 걸어 올라가는 시간은 그저 지루하고 힘든 싸움에 불과했다. 정상에 도달해도 성취감은 없었다. 서울 시내 경치가 한눈에 들어왔지만, 굳이 이걸 보려고 이 힘든 등산을 해야 하나 싶었다. 남산에 가면 케이블카가 있다. 그걸 타면 언제든 손쉽게 남산 타워에서 서울 시내를 볼 수 있다. 케이블카를 이용하는 것도 아니고, 걸어서 등반을 하자니 비효율적으로 느껴졌다.

그 후로 집안에 좋지 않은 사건들이 하나둘 닥쳤다. 아이엠에프IMF 외환 위기가 터지자 집안 사정이 급속도로 나빠졌다. 그때부터 부모님에게 별다른 지원을 받지 못했다. 세 살 터울인 형은 아이엠에프가 초래한 가난의 위기를 아슬아슬하게 피했지만 그다음인 나는 위기를 정통으로 맞았다. 형은 온갖 학원을 다 다녔지만, 나는 그 어떤 학원도 다니지 못했다. 형은 새롭게 산 중학교 교복을 입었다. 나는 그런 형의 해진 교복을 물려받았다. 이 외에도 돈으로 살 수 있는 새것, 새로운 경험은 형만 누릴 수 있었다. 내가 못 받은 것은 경제적 지원만이 아니었다. 일반화의 오류겠지만, 대부분 부모들은 맏자식을 더 두둔하지 않나? 형이랑 갈등을 빚으면 매번 "그래도 너보다 형인데. 형한테 그러면 쓰냐?" 하는 말을 들어야 했다. 물론 지금까지 든 예는 세상 모든 둘째의 서러움으로 퉁칠 수도 있다.

하지만 가장 크게 받지 못한 정신적 지원은 가족의 화목이었다. 아이엠에프 이후 도박 빚을 지고 매일같이 술 마시고 들어오는 아버지의 모습. 그런 모습에 매일같이 힘들어하는 어머니의 모습. 중학생이 되고 나서 학교생활에 힘들어하던 나에게 정신적 지원을 해주는 부모님은 없었다. 그저 서로 다투기 바빴을 뿐. 경제적으로 힘들어지고 나서 가족 간의 단합 시간은 사라졌다. 함께 등산하던 기억도 끝이 났다.

어느새 성인이 된 나는 오롯이 혼자 여행을 다니며 생각의 시간을 갖곤 했다. 그러던 중, 어릴 적 부모님이 자주 데려가던 그 산이 눈에 들어왔다. 그토록 싫어했던 산인데 어쩐지 다시 한번 가보고 싶었다. 스무 해가 지난 후 다시 그 등산로를 오르면 어떤 기분일까? 여전히 등산은 힘들고 지루한 행위에 불과할까? 의구심을 품고 산 진입로에 들어섰다.

같은 산이라도 정상에 오르는 코스는 다양하다. 코스마다 표지판이 있지만 처음 가보는 산이라면 표지판만으로 길을 찾기가 쉽지 않다. 하지만 오랜만에 찾아간 산길에서 내 발걸음은 예전과 같이 움직였다. 과거에 걸었던 길로 발걸음이 자동으로 옮겨갔다.

어린 시절과는 다른 느낌이었다. 어릴 때는 산을 오르는 일 자체가 힘드니 어서 빨리 정상에 올라가고 싶다는 마음뿐이었다. 그래야 쉽게 쉽게 내려올 수 있으니. 하지만 성인이 된 나는 달랐다. 신선한 공기와 새소리, 바람에 흔들리는 나뭇잎 소리까지 모든 것이 아름답게 느껴졌다. 산이라는 자연이 하나씩 느껴지자 정상까지 서둘러야 한다는 조급함을 버리고 느긋하게 걸음을 옮길 수 있었다. 천천히 산길을 음미했다. 사람들이 왜 산을 오르는지를 그제야 알게 되었다.

산 정상에 오르자, 그 시절에 느끼지 못한 뿌듯함에 사로잡혔다. 저 멀리 내려다보이는 경치 위로 가족과 함께 걸었던 시간이 펼쳐지듯 떠올랐다. 저 멀리 앞장서서 걷던 아버지, 내 손을 잡고 함께 걷던 어머니, 숨이 차 헉헉거리던 형 그리고 툴툴대는 한 아이.

마침내 정상에 도달했을 때, 키 작은 꼬맹이 시절의 나를 내려다보았다.

나는 부모님에게 아무것도 받지 못하며 자랐다고 생각했다. 등산길에 툴툴대던 아이는 가족을 원망하는 아이로 성장했다. '나만 지원을 받지 못했다, 내 기억 속 가족의 화목은 없다.' 하지만 산 정상에서 내려다보이는 우리 가족은 함께 웃고, 함께 고생하며 서로를 응원하고 있었다. 그것들은 모두 소중한 시간들이었다. 집안 사정 때문에 물질적인 선물, 정신적인 선물을 받지 못했다며 부모님을 원망했지만, 그들은 등산을 하며 내게 가장 값진 선물인 '화목한 가족의 추억'을 주었다.

어디서부터 우리는 추억을 떠올리게 되는 걸까. 기억이 단순히 과거의 어떤 사실을 떠올리는 것이라면, 추억은 기억을 감성적으로 되돌아보는 것이다. 그렇기에 추억에는 그리움의 정서가 더해진다. 나는 비로소 어린 날의 힘들었던 등산을 추억이라 느꼈다. 그 시절 부모님이 내게 주었던 선물을 20여 년이 지난 지금 풀어볼 수 있게 되었다. 모든 추억은 시간이 흐를수록 더더욱 값진 선물이 된다.

지난날 부모님을 향한 원망은, 선물을 찾지 못한 어린아이의 투덜거림이 아니었을까? 부모님은 이미 수많은 선물을 어딘가 곳곳에 숨겨놓았을지도 모른다. 산 정상에서 내려오는 길, 과거를 떠올렸다. 또 다른 선물이 숨겨져 있을 만한 곳을 찾기 위해, 기억이라는 지도를 펼쳐보았다.

제목	보물 찾기	날씨	

N
E
S
가족끼리
자주 갔던 산
아빠가
드라이브
시켜준 길
신림동
추어탕
찐맛집
첫 키스 장소
엄마랑 처음간
미술관
가족휴가
갔던 해수욕장

기억을 떠올리는 건 구글 지도를 펼쳐보는 거라면 추억은 보물지도를 펼쳐보는 게 아닐까? 이곳엔 행복했던 추억이! 저곳엔 사랑했던 추억! 어딘가엔 잊고있던 추어탕맛집이!

관찰은 소통이다

많은 사람이 어떻게 하면 그림을 잘 그리게 되냐고 묻는다. 그러면 나는 답한다. 그림을 잘 그리는 비결은 관찰이라고. 그림은 단순한 손 기술이 아니고, 관찰력이 가장 중요하다. 화가들의 그림에 관한 고찰이 담긴 서적들을 읽어보면 대부분 비슷한 이야기를 한다. 그림은 손으로 그리는 게 아니라 눈으로 그리는 것이라고. 어떤 작가는 심지어 이렇게까지 얘기한다. 그림은 관찰력을 배우는 것이고, 자기 이름을 손으로 쓸 수 있을 정도의 손 기술만 있다면 누구나 그림을 잘 그릴 수 있다고.

어떤 대상을 정확히, 종이 위에 사실적으로 그려내고 싶다면 우선 그 대상을 잘 볼 수 있어야 한다. '보고 그린다'라는 표현을 많이들 쓰는 이유도 그림을 그리는 행위에 앞서 보는 행위가 반드시 선행되어야 하기 때문이다. 잘 볼 수 있어야 잘 그려낼 수 있다. 하지만 그림을 평소에 그려보지 않은 사람들은 보고 그리는 게 아니라 그리고 난 다음에 보는 경향이 있다. 대충 흘려 보고 그리는 일에만 신경을 쓴다. 또 이런 경우가 있다. 앞에 놓인 사과를 그린다고 치자. 그런데 사과를 제대로 관찰하지도 않고 사과는 대충 동그랗겠지 생각하며 그저 동그랗게만 그린다. 정작 앞에 놓인 사과의 표면은 약간씩 울퉁불퉁한데도, 그걸 알아채지 못하는 것이다.

관찰이란 내가 그릴 대상하고의 온전한 소통의 시간이다. 이렇게 비유할 수 있다. 어떤 사람과 대화를 하기 위해서는 상대가 어떤 말을 하는지 제대로 듣는 것, 즉 경청하는 일이 선행되어야 한다. 그래야 상대방에게 진정 어떤 대답을 돌려줄 수 있다. 그런데 사람들은 간혹 상대방이 말하고 있을 때, 내가 다음에 할 말을 신경 쓰느라 제대로 경청하지 않는다. 만약 둘 다 서로의 말을 경청하지 않고 자기 할 말만 내뱉는다면 그건 진정한 소통이 아닐 테다. 그렇기에 상대방의 말을 충분히 듣고 말해야 한다. 이와 마찬가지로 그림을 그릴 때도 그릴 대상을 충분히 관찰하고 그려내려는 의지가 중요하다.

그림에는 '재현'과 '표현'이 있다. 재현은 눈앞에 있는 어떤 대상을 종이 위에 옮기는 일이다. 표현은 내 안에 있는 어떤 생각이나 느낌을 바깥으로 끄집어내서 종이 위에 그리는 일이다. 수강생들 중 무언가를 보고 그리는 것은 잘하는데, 무언가를 보지 않고 그리는 것은 어려워하는 경우가 있다. 자신의 생각이나 감정을 표현하고 싶은데 잘 안 된다고 어려움을 토로하곤 하는데 그럴 때마다 나는 이렇게 말한다.

"재현에선 관찰이 중요하지만, 표현에서도 관찰이 중요해요. 재현이 눈앞에 있는 대상을 관찰하는 행위인 데 비해 표현은 그 관찰의 대상이 '내 안'에 있을 뿐이죠."

내 안에 있는 아직 정리되지 않은 생각, 느낌, 기분, 감정들을 바라보는 것이다. 모호하다고 할 수 있는 그 무엇들 말이다. '감정'을 예로 들면, 어떠한 이유도 없이 갑자기 감정 변화가 일어나기도 하는데, 그러한 감정은 구체적으로 설명하기 어려운 면이 있다. 보통 사람들은 우울한 감정이 찾아오면 그저 슬퍼하고 힘들어하고 만다. 혹은 감정을 회피하려고 한다.

감정을 관찰한다는 것은 그 감정을 직시하고 끊임없이 파고들고 분석하려는 노력이다. 내가 왜 우울해졌는지 이유를 찾아보거나 우울이란 감정 안에 얽히고설킨 또 다른 감정들은 무엇이 있는지를 헤집어보는 것. 그 안에는 작품을 만들어낼 수 있는 수많은 영감이 존재한다. 즉 표현을 어려워하는 이유는 내 안의 영감을 아직 발견하지 못했기 때문이다.

나를 관찰하는 일은 단순히 그림 그릴 때만 필요한 능력이 아니다. "내 속엔 내가 너무도 많아." 〈가시나무〉라는 노래의 가사처럼 내 안에 있는 수많은 감정의 조각들을 하나하나 면

밀히 관찰하다 보면 그 속에서 진정 찾아 헤매던 내 모습을 발견할 수 있다. 어쩌면 방황하고 있는 사람들, 꿈이 없거나 자신이 무얼 원하는지 모르는 사람들, 내가 나를 잃어버린 느낌이 드는 사람들 모두에겐 관찰력이 필요한지도 모른다.

내가 좋아하는 이창동 감독의 영화 〈시〉에 다음과 같은 대사가 나온다. 극 중에 한 시인이 학생들에게 시를 가르치면서 하는 말이다.

"시를 쓰기 위해서는 잘 봐야 해요. 우리가 살아가는 데 제일 중요한 것은 보는 거예요. 이게 뭐죠? 사과죠? 여러분은 지금까지 이 사과를 몇 번이나 봤어요? 천 번? 만 번? 백만 번? 틀렸어요. 여러분은 지금까지 이 사과를 한 번도 본 적이 없어요. 사과라는 것을 정말 알고 싶어서, 관심을 갖고 이해하고 싶어서, 대화하고 싶어서 보는 것이 진짜로 보는 거예요. 오래오래 바라보면서 사과의 그림자도 관찰하고 이리저리 만져보면서 뒤집어도 보고, 한 입 베어 물어도 보고……. 그렇게 보는 게 진짜로 보는 거예요. 무엇이든 진짜로 보게 되면 무언가 자연스럽게 느껴지는 것이 있어요. 종이와 연필을 들고 그 순간을 기다리는 거예요."

이처럼 관찰이란 소통이다. 눈앞에 있는 어떤 대상을 정확하게 재현하기 위해선 그 대상과 온전한 소통의 시간이 필요하다. 내 감정을 그림으로 아름답게 표현하기 위해선 내가 느끼는 감정과의 온전한 소통의 시간이 필요하다.

관계 속에서 타인을 이해하기 위해선 상대와의 온전한 소통의 시간이 필요하다. 나다운 삶을 살아가기 위해선 현재를 살아가는 '나 자신'과의 온전한 소통의 시간이 필요하다.

Re는 '다시' spect는 '보다' 이 둘이 합쳐지면?!? Respect = '존중'이란 단어가 만들어진다! 존중은 그냥 생기지 않는다. 다시 봐야 존중할 점들이 보이는 거! 타인에게도 나 자신에게도

DAY 2.

오늘은 친구에게 어깨를 빌려줬다,

참 뿌듯했다!

내 사람 구분법

새로 나온 휴대폰의 내구성을 실험하는 영상을 보았다. 휴대폰을 손으로 잡고 구부려보기도 하고 높은 곳에서 떨어뜨리기도 했다. 심지어 망치로 액정을 내려치는 상황도 보여준다. 기종에 따라 약간의 차이는 있겠지만, 작정하고 물리적 충격을 가하면 당연히 휴대폰은 부서진다. 액정이 깨지고 본체가 처참히 작살나는 과정을 지켜보면 괜히 신기하고 재밌기도 한, 묘한 쾌감이 느껴진다.

그러다 문득 상황을 달리 생각해봤다. 만약 영상 속 저 휴대폰이, 내가 평소 아끼는 내 휴대폰이라면? 내 휴대폰을 누군가 망치로 사정없이 내려치는 모습을 지켜본다면 어떨까? 기분이 좋지 않을 것이다. 적어도 그 과정을 지켜보는 게 재밌지는 않겠지. 게다가 정말로 애지중지하는 휴대폰이다? 그러면 휴대폰이 박살 나는 동시에 내 마음도 박살 나는 감정이 들지 않을까?

상황이 달라지면 감정도 달라지는 이유가 무엇일까? 내 휴대폰을 망치로 내려치는 상황에서 기분이 탐탁지 않은 건? 당연하게도 그건 '내 것'이기 때문이다. 반대로 다른 누군가의 휴대폰을 망치로 내려치는 상황이 괜스레 재밌게 느껴지는 건? 그건 내 것이 아니기 때문이다.

누구나 살면서 다양한 사람들을 마주한다. 그러다가 누군가의 어떤 말에, 어떤 행동에, 어떤 실수에, 어떤 잘못에 상처를 받기도 한다. 인간관계에서 서로 크든 작든 상처를 주고받는 건 어쩌면 자연스러운 일이다. 하지만 상처를 준 대상이 누구인가에 따라 충격의 크기는 완전히 달라진다.

"난, 이모르 걔 별로야."

누군가가 나를 '별로'라고 생각할 수 있다. 별로라고 느끼는 이유도 다양할 것이다. 이유야 어쨌든, 내가 없는 자리에서 누군가 나를 험담한 사실을 전해 들은 적이 있다. 그것도 꽤 예민한 내용들이 담긴 심한 험담을.

모임에서 알게 되어 두세 번쯤 만난 H였다. 일대일로 따로 만난 적은 없지만, 함께 모이는 자리에서 편하게 대화를 주고받았다. 수더분한 사람이라 여겼던지라 만남이 부담스럽진 않았다. 그러던 와중에 H가 다른 누군가에게 나를 험담했다는 이야기를 전해 들은 것이다. 불쾌함은 있었지만 사사건건 따지고 싶은 마음은 없었다. 어차피 H에 대한 기대나 감정적 연결이 별로 없었기 때문에. 이후 H와는 거리를 두면서 서서히 멀어졌다.

다른 시기에 또 다른 상황에서 나를 험담한 이가 있었다. 바로 2, 3년간 관계를 맺었던 J였다. J가 나를 별로라고 말한 이유에는 스스로 콤플렉스라고 여겼던 부분들이 담겨 있었다. J와는 편하게 대화를 주고받는 사이였다. 서로 이해하려는 노력과 과정을 함께했다고 생각했다. 친구라고 부를 수 있는 그런 관계. J의 행동은 엄청난 배신감과 충격으로 다가왔다. 이때도 거리를 두면서 서서히 멀어짐을 택했지만, 마음이 멀어지는 과정이 그리 순탄치만은 않았다.

같은 말과 행동에 상처를 받아도 상대에 따라 데미지가 다르다. 상대가 '내 사람'이라고 여겼던 사람이라면 그 충격은 실로 어마어마해진다. 감정적 연결이 있는 사람이 준 상처는 유난히 마음속에 오래 머문다.

이 외에도 인간관계에서 내 사람이라고 여겼던 사람들은 많다. 그중 몇몇 사람에게 받았던 상처는 나를 오래 아프게 했다. 잊으려 잊으려 해도 쉽게 지워지지 않았다. 그러다 마침 휴대폰 내구성 실험 영상을 보면서 깨달았다. 망치로 박살 내는 저 휴대폰이 만약 내 것이라면 기분이 좋지 않을 텐데. 하지만 저건 내 휴대폰이 아니니까 재밌게 볼 수 있다. 마찬가지로 상처를 준 사람이 내 사람이라고 믿었기에 상심이 컸던 게 아닐까? 상처 주는 사람들은 애초에 내 사람이 아니었다고 생각할 수 있다면, 그러면 그 역시 인간관계 속에 일어난 그냥 재미난 해프닝 정도로 웃어넘길 수 있지 않을까?

결국, 마음속 깊이 상처를 준 사람은 '내 사람'이 아니라 '상처를 준 사람'일 뿐이다.

제목
내 사람 구분법
날씨
1
2
3
쓰레기통
① 내 사람 : 상처를 안 주거나
상처를 줘도 사과하고 상
처가 아물도록 돕는 사람
② 싫은 사람 : 상처주고 약주
고를 자꾸 반복하는 사람
③ 사람 아님 : 상처주고 나 몰
라라 하거나 떠난 사람

인터뷰어의 애티튜드

“모르 님은 게스트의 가슴 아픈 이야기를 참 잘 들어주시네요. 노하우가 있나요?”

“두 가지 원칙만 지키세요.”

첫 번째 원칙, 5초의 기다림

“상대방이 자신의 힘든 상황을 말하고 나면 ‘5초’를 기다리고 제가 답하죠. 왜냐하면 할 말이 더 있을 수도 있으니까요. 말을 다 내뱉은 후에 또 다른 이야기가 떠올라서 말을 이어갈 수도 있고요. 그래서 충분히 하고 싶은 말을 다 내뱉을 때까지 기다리는 거죠. 상대방이 겪고 있는 상황과 고민들이 답답하게 느껴질 때! 그때를 조심해야 합니다. 나도 모르게 조언이랍시고 중간중간에 말을 끊을 수 있거든요. 최대한 참아야죠. 상대의 말이 다 끝나고 5초가 지날 때까지."

두 번째 원칙, "그럴 수도 있지."

"상대방이 고민을 털어놓으면 리액션으로 '그럴 수도 있죠.'라는 말을 많이 해주세요. 좋고 나쁘고 옳고 그름을 따지지 않고, 상대의 생각 그대로를 들어주는 거죠. '그래선 안 돼.' 또는 '내 생각은 이래.'로 시작하는 말들은 자칫 잘못하면 상대에게 과한 조언처럼 들릴 수 있어요. 설령 상대가 느끼는 현재의 고통이 잘 와닿지 않거나 이해되지 않을 때도 조심해야 합니다. 어떤 예술 작품을 보고 사람마다 다른 감상과 해석을 내놓듯이, 똑같은 상황에 처해도 사람에 따라 서로 다른 생각과 감정을 가질 수 있으니까요. 그렇기 때문에 상대의 생각과 감정을 함부로 재단하지 않을 것. 그저 누구나 힘들 수 있고, 누구나 그럴 수 있으니까."

유튜브 채널을 운영하면서 인터뷰 영상을 꾸준히 제작했다. 주로 특정한 사건의 피해를 입은 사람이나, 정신적 트라우마나 고통스러운 기억을 가지고 있는 분들과 함께 그림을 그리면서 대화를 나누는 방식의 영상 콘텐츠였다. '쇼미더드로잉'이라는 타이틀을 붙여서.

당시에 많은 분들이 영상을 좋아해주신 덕분에 백여 명이 넘는 게스트와 함께 촬영을 진행할 수 있었다. 나는 인터뷰어 역할이었기에 다른 사람 말에 더 잘 귀 기울일 수 있도록 노력했다. 어려운 처지에 놓여 있거나 가슴 아픈 사연을 지닌 게스트가 많았기 때문에 촬영은 더더욱 진중한 태도로 임할 수밖에 없었다.

이제 영상은 더 이상 제작하지 않지만, 과거에 올린 영상임에도 여전히 새로운 시청자의 댓글들이 종종 달린다. 그리고 어느 날 이런 댓글이 달렸다.

"남들 힘든 얘기는 잘 들어주시는 것 같은데, 이모르 님이 힘드실 땐 어떻게 하나요?"

순간, 머릿속이 멍해졌다. 내가 나를 대할 때, 힘들다고 느낄 때, 과연 나는 내 마음의 소리를 잘 듣고 있는 걸까?

지난날 인터뷰어로서의 경험이 내 마음의 소리를 듣는 능력으로까진 발휘되지 않는 것 같았다. 중이 제 머리를 못 깎는 꼴이라고 해야 하나? 뭐가 됐든 내가 세운 인터뷰어의 원칙들이 단지 타인에게만 적용되는 것이 아니라 나 자신에게도 필요하지 않겠냐는 생각이 들었다.

마음이 어수선할 때, 인터뷰어의 첫 번째 원칙처럼 내가 내 마음의 소리를 5초만 기다릴 수 있다면 어떨까?

"이러이러해서 힘들……."

"아니야, 아니야. 그러면 안 돼."

"아이씨!!!"

지금 상상해보니 누가 내 말에 저렇게 대답한다면 욱하는 마음이 들 것 같은데, 나는 내게 욱하는 대답을 하고 있었다. 그러나 만약,

"이러이러해서 힘들……."

'5초만 기다리자.'

딱 5초만 더 가만히 기다렸다면, 나는 마음을 열고 나에게 술술 내 얘길 꺼냈을 테고, 듣다 보면 힘들어하는 내게 마음이 동해 한마음이 되지 않았을까.

우울한 기분이 들 때, 인터뷰어의 두 번째 원칙처럼 내 마음의 소리에 "그럴 수도 있지." 하고 답해줄 수 있다면 어떨까?

"나 너무 우울해."라고 말했는데 "너가 저번에 그렇게 행동했으니까 그러지."라고 누군가 내게 답한다면 나는 과연 뭐라고 반응할까. 아마도 "넌 내 얘기 따윈 들을 생각이 없구나?"라며 날 선 반응을 보이지 않을까.

하지만 "나 너무 우울해."라는 내 마음에 "그럴 수도 있지."라고 답해줬다면 나 자신이 느끼고 있는 감정을, 마치 내가 못나서 그런 것이라고 치부해버리진 않았을 텐데. 지나친 자아비판이나 자기 비하보다는 내 감정을 있는 그대로 바라보고 좀 더 위로해줄 수 있지 않았을까 하는 생각이 들었다.

분명, 우리 모두에게는 마음속으로 스스로에게 하고 싶은

이야기가 정말 많을 것이다. 나는 누군가를 인터뷰할 때 상대의 이야기를 귀담아들었다. 하지만 그 대상이 나 자신이라면? 인터뷰어의 두 가지 원칙을 내게도 적용할 수 있다면? 그것이 나 자신과의 온전한 소통이지 않을까.

누군가와 관계를 형성하는 일에도, 우리는 타인의 마음을 기다릴 줄 알고 인정할 수 있어야 한다. 동시에 내 마음을 기다릴 줄 알고 인정할 수 있어야 한다. 이처럼 인터뷰어로서의 마음은 누구에게나 필요하다.

제목	특별 게스트	날씨	☼ ☁ ☂ ☃

오늘 이모르님을 인터뷰
했다. 겉으론 괜찮아 보였
는데 아픈사연들을 갖고
있었다. 많은것에 지쳐보
였고 결국 눈물을 흘렸다
울지말라고 하고싶었지만
울수도있죠 라고 말했다.

콜라보레이션

커다란 도화지 위에 두 사람이 서 있다. 한 장의 도화지에 두 사람은 함께 그림을 그려야 한다. 이는 콜라보레이션의 시작이다. 두 사람은 각자 반대편에 서서, 조심스럽게 자신들만의 영역을 채워나간다. 점차 그들은 도화지 중심으로 나아가며 그림을 채워간다.

한 사람이 도화지 중심에 큰 원을 그린다. 다른 한 사람은 그 원에 테두리를 추가한다. 원은 순식간에 꽃의 형태가 된다. 이제 둘의 작업은 점점 깊어진다. 종이의 여백을 찾아, 서로 합을 맞춰나간다. 조화를 이루는 과정 속에서 아름다운 꽃밭이 탄생한다.

시간이 지나자 꽃밭만 그리고 있는 것에 한 사람은 지루함을 느낀다. 새로운 풍경을 그리고 싶다. 하지만 주어진 종이는 오직 한 장뿐이다. 새로운 풍경을 그리기 위해선 기존의 작업 위에 새로운 바탕색을 깔아야 한다. 지루해진 사람은 변화를 주고 싶은 마음에 종이 위에 노란색 페인트를 붓는다. 다른 한 사람은 동의도 없이 페인트를 부어버린 행동을 언짢아하며 파란색 페인트를 붓는다. 꽃밭에 쓰인 색과는 다른 색 페인트를 부어버린 탓에, 그림 색깔은 점점 탁해진다. 아름답던 꽃밭은 이미 그 형체를 잃어버렸고.

"왜 자꾸 너 마음대로 색깔을 쓰냐!"

"내가 쓰는 색이 맞다니까?!"

콜라보레이션을 위한 협력 관계에 균열이 생긴다. '우리'와 '조화'보단 '나'와 '내 기분' 중심으로 작업이 진행된다. 어느새 도화지는 아수라장. 알 수 없는 형태와 이도 저도 아닌 색들이 뒤섞여 괴상한 그림이 완성된다. 망쳐버린 그림을 앞에 두고 감정이 격해진 두 사람.

"너 때문에 이렇게 됐다."

"너가 그 색깔만 마음대로 붓지 않았어도 더 좋은 그림이 나올 수 있었다."

결국 분노를 이기지 못하고 종이를 구겨버린다. 서로 등을 돌린다. 그리고 새로운 도화지와 콜라보레이션 파트너를 찾아 각자 발걸음을 돌린다.

삶은 개인적으로 경험하는 부분과, 다른 사람들과 공유하는 부분으로 나뉜다. 개인적으로 경험하는 부분에서 우리는 스스로를 이해하고 성장시키며 본질적인 가치를 찾아간다. 반면에 다른 사람들과 공유하는 부분에서 우리는 상호 작용하고 배려하며 협력하는 관계성을 구축한다. 개인적인 경험이 혼자서 그리는 그림personal work이라면, 사람들과 공유하는 부분은 함께 그리는 그림, 즉 콜라보레이션collaboration이다. 두 종류의 그림 모두 중요하다. 둘 다 삶의 일부이며, 둘 사이의 균형을 잘 맞출 수 있어야 한다.

다만, 콜라보레이션은 마냥 내 멋대로 그릴 수 없다. 제아무리 한 사람의 그림 실력이 좋다고 해도 조화를 이루지 못한다면 서로가 만족할 수 있는 작품을 완성하지 못할 테니까 말이다. 어쩌면 콜라보레이션이 좀 더 복잡하고 어려운 작업이다. 혼자서 그릴 땐 잘 그리든 못 그리든 쉽든 어렵든 성공하든 실패하든, 언제든 새롭게 다시 그릴 수 있는 자유가 있으니까.

그림을 전문적으로 그리는 작가도 200~300호짜리 커다란 캔버스에 그림을 꽉 채우기는 쉽지 않다. 반면 '삶'이라는 도화지는 실제 캔버스와는 비교도 할 수 없는 커다란 여백이다. 인생은 혼자라지만, 커다란 여백을 혼자만의 힘으로 가득 채우기란 버거운 일이다.

그렇기 때문에 우리는 때때로 누군가와 도움을 주고받으며

이해와 배려, 신뢰와 존중을 배우고,

함께 웃고 함께 슬퍼하며 진솔한 감정을 나누고,

서로의 삶에 참여하는 과정에 각자 책임감을 가지고,

조화로운 콜라보레이션을 이루어내고자 노력할 때,

우리의 삶이 더욱 풍성하고 다채롭게 완성될 수 있음을

반드시 기억해야 한다.

제목 1교시엔 최고의 짝꿍

날씨

1교시

종이 1장에
함께 멋진 작품을
완성해봐요

2교시

각자 종이를 줬으니
각자 멋진 작품을
완성하세요

함께 그릴땐 쿵짝이 잘 맞
아서 선생님도 우릴 칭찬
했다. 근데 2교시엔 짝
궁이 자꾸 내 종이를 침
범했다. 정말 미웠다! 이건
나 혼자 그리고 싶었는데...
내 종이도 소중한건데!!

누구나 기피해야 할 인간 유형

"이런 사람은 당장 손절해야 합니다."

SNS에서 '인간관계에서 피해야 할 인간 유형'에 관한 콘텐츠들을 종종 볼 수 있다. 제법 쏠쏠하게 나오는 조회 수와 댓글 수를 보면 꽤나 호응이 좋은 것 같다. 나 또한 궁금해서 이런저런 관련 영상들을 보았다. 저마다 피해야 할 인간 유형을 다양하게 정의하고 있었다. 그러나 신기하게도 항상 빠짐없이 나오는 인간 유형이 있었다. 지나치게 우울하거나 부정적인 사람을 곁에 두지 말라는 것이다. 그러한 주장을 뒷받침하는 대표적인 근거는 두 가지였다. 첫 번째, 우울한 감정이나 부정적인 생각들은 전염되기 쉽다는 것이다. 그리고 두 번째로 그런 유형의 사람들은 이야기를 몇 번 들어주다 보면 듣는 이를 감정 쓰레기통 취급한다는 것이다.

개인적으로도 이해되는 부분은 있다. 우울한 얘기를 계속 듣다 보면 같이 우울해지기 십상이고, 또 들어주다 보면 상대가 나에게 지나치게 의존하는 바람에 (감정 쓰레기통처럼) 매번 나에게 신세 한탄만 하게 되는 건 사실이니까.

하지만 나 또한 지난날, 아니 현재도 때때로 우울하고 부정적인 생각에 사로잡힐 때가 있다. 이런 예민한 성향 탓에 힘들거나 우울한 감정을 주제로 오랜 시간 그림을 그려왔다. 그렇다 보니 주변 사람들도, 나를 좋아해주는 팬들도 우울한 사람이 많다. 그래서 너도나도 기피하려는 우울하고 부정적인 사람들을 대변해 조금은 변론해주고 싶은 마음이다.

누구나 알겠지만 우울한 감정이란 굉장히 고통스럽다. 하지만 우울함 자체보다 더 고통스러운 건 이 감정을 현재 나 혼자만 느끼고 있다는 외로움이 더해지는 것이다. 이러한 마음은 자신을 더욱 고립시키고 부정적인 생각을 극단적으로 몰아간다. 그렇기에 자신과 동질감 또는 소속감을 느낄 수 있는 주변인이 필요하다. 나만 이렇게 힘든 게 아니라는 사실을 느낄 수 있게끔.

하지만 모두가 피해야 할 인간 유형으로 우울한 사람을 설정한다면, 과연 누가 나서서 우울한 사람을 돌봐줄 것인가. 모두가 기피한다면 그건 너무 잔인한 일이지 않나 싶다.

감정은 계절과도 같다. 돌고 도는 것. 계절이 변하듯 우울한 감정은 시간이 지나면 또 다른 감정으로 변할 수 있다. 이 점을 알아야 한다. 현재 우울한 감정에 매몰되어 있거나 힘들어하는 사람들은, 언젠가 감정이 좋은 쪽으로 나아갈 수 있으리라는 가능성 역시 항상 열어두어야 한다. 다만, 사람에 따라 한 감정이 개인에게 머무는 기간은 짧을 수도, 길어질 수도 있다. 그럼에도 우리가 흔히 알고 있는 '이 또한 지나가리라'와 같은 표현, 즉 시간이 지나면 괜찮아질 수 있다는 희망을 놓지 않는 게 중요하다. 현재 우울한 사람이든, 또는 현재 우울한 친구를 곁에 두고 있는 사람이든 말이다.

그럼에도 피해야 할 인간 유형에 매번 우울하거나 부정적인 사람이 들어가는 걸 보다 보면, 사람들이 참 몰인정하다는 생각이 든다. 지금 당장 우울하거나 부정적인 사람은 대체 누구를 만나야 하는 건가 싶다. 내가 지금 당장 너무 우울한데, 대부분이 나를 기피한다면 씁쓸함을 넘어서 너무나 괴롭지 않을까?

사람들은 우울한 사람이 한없이, 끝없이 우울할 거라고 지나치게 속단하는 경향이 있는 듯하다. 그러나 결코, 인간의 자아는 단일하지 않다. 한 개인이 가진 감정은 굉장히 복합적이며 다양하다. 그렇기에 얼마든지 변할 수 있다는 점, 나아질 수 있다는 점을 알아주었으면 한다.

지금껏 내가 단단해질 수 있었던 것도, 이런 나를 기피하지 않았던 수많은 사람들 덕분이다.

제목
피할게 왜이리 많아?
날씨
DANGER
DANGER
DANGER
DANGER
DANGER
DANGER
DANGER
DANGER
이런 친구는 손절해야 하고
이런 애인은 이별해야 하고
이런 상사 만나면 퇴사를
이런 직원 만나면 해고를
기피해야 할 인간 유형들
다 따지다간 세상 사람 전부
대인기피증 환자로 살겠네

감정 쓰레기통을 위한 변명

누구나 우울한 순간은 찾아온다. 이유 없이 찾아올 수도 있고, 일과 인간관계에서 생긴 스트레스에서부터 시작될 수도 있다. 아마 살면서 우울한 감정을 한 번도 안 느껴본 사람은 없을 것이다. 평소 긍정적인 마음을 가진 사람일지라도 우울한 순간에는 생각이 달라질 수 있다.

우울할 땐 세상을 한없이 부정적으로 바라보게 되곤 한다. 내가 하는 일이 다 잘될 거라 믿어왔는데, 뭘 해도 안 될 것 같은 두려움이 엄습할 수 있다. 괜스레 허무해지고 자포자기하고 싶은 심정. 누구나 한 번씩은 느껴봤을 것이다.

다만, 사람에 따라 감정이 머무는 시간이 다르다. 길든 짧든 우울한 '시기'가 존재할 뿐이다. 죽는 날까지 매일같이 매 순간 한없이 우울한 사람, 한없이 부정적인 사람은 없다. 우울한 감정과 부정적인 생각에 사로잡힌 사람을 대할 때 무작정 기피할 게 아닌, 기다려보는 여유도 필요하다. 그 과정에서 우울함이 전염될 수 있다는 사실을 안다. 다만 상대가 우울할 때 나도 덩달아 우울해지는 일 또한 또 다른 위로의 형태일 수 있다. 우울한 당사자에게는 혼자만 우울한 게 아니라 누군가와 함께 우울한 감정을 나눌 수 있다는 사실이 굉장한 힘이 되니까. 고맙게 여길 것이다. 고마움까진 아니더라도, 그 순간 외로움은 잠시 가실 수 있다.

내가 그랬다. 친구에게 우울한 얘기를 밑도 끝도 없이 털어놓았을 때, 매사에 긍정적인 친구가 자신의 우울함을 토로했던 순간을 기억한다. 나만 나약하다 생각했는데, 친구에게도 유약한 면이 있었다. 그 덕분에 외로움과 쓸쓸함을 조금은 덜어낼 수 있었다.

누군가의 감정 쓰레기통이 되는 일에도 넓은 아량이 필요하다. 우울한 사람이 우울한 얘기를 잘 들어주는 사람에게 의지하는 경우가 있다. 의지하기 때문에 우울함과 부정적인 생각들을 하염없이 '토'해낸다. 그 토를 받아주다 보면, 끝없이 '토'를 받아내야 하는 감정 쓰레기통이 된 것 같은 기분에 휩싸인다.

나 역시 같은 기분을 느낀 적 있다. 항상 힘들 때만 연락해서 징징대는 친구들도 많았다. 그런 관계가 때때로 귀찮기도 성가시기도 했지만, 스트레스받는 지점은 따로 있었다. 상대방이 힘들다고 토로한 부분에 조금이라도 가볍게 반응하면 "어떻게 그런 말을 할 수 있냐?"느니 "넌 내 말에 별로 관심이 없구나!"라며 격하게 나오는 상황들이었다. 말마따나 누군가의 감정 쓰레기통 취급을 받는 건 피곤한 일임은 분명하다.

인간관계에서 누구나 아는 공식이 있다. 힘들 때 곁에 있는 친구가 가장 고마운 친구라는 것. 앞서 말했듯, 나 또한 감정 쓰레기통 취급받으며 한 친구의 우울과 하소연을 오랜 기간 들어주었던 시기가 있다. 하지만, 한참 시간이 지난 뒤에는 오히려 상황이 역전되었다. 관계에서 받은 상처로 사람에 대한 불신이 팽배했을 때였다. 그때 내 말을 진지하게 들어준 이는, 내가 감정 쓰레기통이 되어주었던 그 친구뿐이었다.

"전에 너가 많이 들어줬잖아."

그 친구는 힘들었을 때 내가 얘기를 많이 들어주어서 고마웠지만 한편으론 미안한 마음을 갖고 있었고, 언젠가 내가 힘들 때 자신도 들어주는 역할이 되고 싶었다는 말을 덧붙였다. 겉으로 내색하진 않았지만, 눈물이 날 것 같았던 그 순간을 아직도 잊을 수 없다. 사람이 소중하다는 걸 알고 있어도 인간관계를 약간 회의적인 시선으로 바라보던 때였다. 그리고 이날 이후로 내 삶에서 인간관계는 완전히 새롭게 정의되었다.

'기브 앤 테이크'가 있기에 관계가 지속된다. 우울한 사람을 곁에서 위로해주고 천천히 기다려주는 일은 언제나 수고스럽다. 하지만 내가 힘을 보태준 사람이기에, 상황이 뒤바뀌었을 때 그가 다시 나에게 힘을 돌려줄 수 있다.

만약 자신이 평생 우울하지 않고 부정적인 생각을 하지 않을 자신이 있다?

굳이 우울하고 부정적인 친구를 사귈 필요는 없을 것이다. 하지만 과연 그게 가능할까?

우울하고 부정적인 생각을 하는 사람은 마땅히 기피해야 할 인간 유형이 아니다. 우울하고 부정적인 생각을 하는 사람은 결국 우리와 똑같은 인간 유형일 뿐이다. 모두가 완벽할 수 없기에, 완벽하지 못한 서로가 어울리며, 서로 도움을 주고받으며, 서로 위로를 나누는 것이다.

제목
감정쓰레기 버렸던 날
날씨
감정
쓰레기통
친구야! 내 감정쓰레기통
을 마련해줘서 고마워!
나도 조만간 내 쓰레기통
다 비워지면, 너의 힘든
감정들도 마음껏 버려주
었으면 해! 그때는 내가
분리수거도 도와줄게! 꼭!

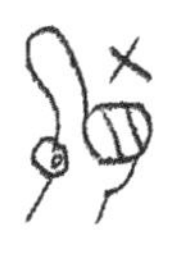

위로에
정답이 어딨어

우리는 때때로 힘들어하는 누군가를 위로해주기 위해 노력한다. 그 상대가 친한 사람이라면 더더욱 그렇다. 네이버 지식인에 '위로'를 검색해보면 '이럴 땐 어떻게 위로해줘야 할까요?' 같은 질문들이 자주 등장한다. 나 역시도, 우울과 관련된 유튜브 활동과 그림 작업을 오랫동안 해왔기에 위로해주는 법에 관한 질문을 꾸준히 받아왔다.

요즘에는 MBTI(성격유형검사)를 가지고 T형 인간과 F형 인간의 차이를 두고 갑론을박한다. 똑같이 위로를 건네는 상황이라도 T형 인간은 해결을 중요시하고 F형 인간은 공감을 중요시한단다. 한 인간이 지닌 성격을 단 몇 가지 유형으로 나누는 일에 무슨 의미가 있겠냐만, 아무튼 그렇다고 한다.

우리의 위로는 가끔 T와 F로 나뉜다. 어떤 상황에서 해결을 제시하기도, 공감을 표하기도 한다. 물론 요즘은 공감적 위로에 사람들이 더 큰 지지를 보내고들 있지만, 상황에 따라 해결책을 제시해주는 위로도 분명 필요하다.

이런 경우는 어떨까. 사기를 당해 힘들어하는 친구를 위해 "힘들었구나."와 같은 공감적 멘트를 계속해서 건네는 게 의미가 있을까? 처음에는 힘이 되는 것처럼 느껴져도 반복적으로 이런 말만 한다면 상황은 나아지기 어려울 것이다. 경찰에 신고하게 하든, 피해를 보상받을 수 있게 하든, 어떻게든 함께 방법을 찾고 해결해주려는 노력이 장기적으로 더 큰 힘이 될 수 있다.

해결이든,
공감이든,
경청이든,
손을 잡아주든,
부모님이 할 법한 잔소리든,
모든 것이 위로의 방식이 될 수 있다.
그렇기에 위로에는 단 하나의 정답이란 존재하지 않는다.

상처받은 사람에게 위로를 건네는 건 사실 쉽지 않은 일이다. 게다가 모든 사람이 같은 위로를 원하지 않는다. 마음속에는 저마다 독특한 배경과 경험이 있다. 이러한 배경과 경험이 어떤 말을 듣고 싶어 하는지, 어떤 행동을 원하는지를 결정한다. 누구나 삶의 형태가 다르고, 또 힘들게 하는 상황은 늘 변화하므로 위로를 건네는 당사자는 상대방의 복합적인 마음을 단번에 알기 어렵다.

상대가 힘든 일을 토로한다는 것은, 스스로 풀기 어려운 문제에 도움을 구하는 일이나 다름없다. 이러한 상황에서 주변인이 줄 수 있는 도움은 그 사람이 풀고 있을 객관식 문항에 '보기' 하나를 추가해주는 것이다. 정답을 강요하는 것이 아닌, 하나의 답이 될 수도 있는 보기를 제공하는 일. 그 안에서 자신에게 가장 잘 맞는 그 사람만의 정답을 찾아내도록 돕고 기다려야 한다.

상대는 스스로 해결책을 찾아낼 수 있는 기회를 얻게 될 것이다. 설사 상대방이 객관식 문항 보기 중에 선택한 답이 틀릴지라도, 그것 역시 괜찮다. 오답에서 배우며 성장하는 건 인생의 일부니까.

우리는 자신에게서 답을 찾으려는 사람을 마주한다. 내가 건넨 위로가 상대에게 위로로 느껴지지 않는 이유는, 내가 상대방과 같은 상황에 놓였을 때 필요로 할 것 같은 답을 상대에게 건네기 때문이다. 그 또한 소중한 마음이지만, 그렇다고 해서 상대에게 내가 풀던 답대로 해보라며 강요해선 안 된다.

왜냐하면 내가 생각하는 '정답'이 상대방이 풀고 있는 문제의 정답이 아닐 수 있기 때문이다. 그럼에도 내가 생각하는 것이 '정답'이라며 강요하거나 끊임없이 채근한다면, 그건 위로가 아니라 잔소리일 뿐이다.

위로에 단 하나의 정답은 없다. 또한 위로는 정답을 알려주려고 하는 게 아니다. 위로는 '보기'를 제시하고, 자신만의 해결책을 찾아내도록 돕는 일일지도 모른다. 그러기 위해선 상대에 대한 존중과 이해, 기다려주는 여유가 필요하다.

지나친 관여보다 진솔한 관심을 놓지 않는 것이야말로 진정한 위로이지 않을까.

제목 도무지 길이 안보일때 날씨

이모르만의
삶 꼭대기

가르치는 사람보다 가리키는 사람이 좋다, 여기도 길이있고 저기도 길이있다고 방향을 가리켜주는 거! 길은있고 한길만 있는것도 아니니 어디든가고 싶은길로 가보라는사람!

마음의 거리 두기

사람 사이엔 적당히 거리가 있는 게 편할 때가 있다. 유독 정신과 의사 선생님이 편했다. 진료실에 들어가 의자에 앉으면 의사하고는 대략 1미터 남짓 거리가 생기니까. 딱 그 정도의 선을 두고 대화를 나눈다. 부담이 덜했다. 그 어떤 진솔하고 감정적인 이야기를 나누어도 상담이 끝나면 깔끔하게 멀어진다. 각자의 일상에 서로 침범할 수 없는, 각자의 인생이 서로 물들지 않는 그 정도의 관계라 편했다. 서로 피곤하지도 않다. 그래서 모든 인간관계에 딱 이 정도 선을 두고 싶었다. 서로가 서로에게 개입할 수 없는 거리. 서로 책임감을 굳이 가질 필요 없는 거리. 이런 나에게 주변 친구들은 말했다.

"너와는 가까워질 수 없는 느낌이 들어."

"이 정도면 가까운 사이라고 생각하는데……. 아닌가?"

"아니, 너는 뭔가 내가 한 발짝 다가갈수록 한 발짝 멀어지려 하는 것 같아."

당시에는 누군가와 관계가 깊어지는 게 두려웠다. 노력도 해봤지만 사람에게 가까이 다가가는 일이 쉽지 않았다. 무서웠다. 가까이 가면 갈수록, 나의 속 얘기를 하면 할수록 나의 불완전함과 나약함을 들킬 것만 같았다. 나 자신에게 실망스러운 점이 한두 가지가 아니었다. 내가 '고작 이것밖에 안 되는 인간'이라며 늘 자조했으니까. 하물며 상대방도 나를 가까이에서 보면 '고작 이것밖에 안 되는 인간'이라 혀를 찰 게 뻔했다. 내 실체를 보면 분명 실망하고 떠날 것만 같았다.

하지만 아무리 누군가와 적당히 거리를 두고 싶어도 둘 수 없을 때가 있었다. 연인 사이. 연애란 결국 두 사람이 긴밀해지는 과정이니까. 그 과정을 피할 수만은 없었다. 설렘은 언제나 달콤했다. 달콤함에 취하다 보면 어느새 상대와 1미터 남짓은 커녕 1센티 거리 안에 나도 모르게 들어가 있었다. 놀란 나머지 정신이 번쩍 든 채 후다닥 뒤로 물러난다. 1미터 거리 밖으로. 그럼 반대로 상대방이 놀란다. 이렇듯 각자 다른 기준에서 서로 놀라다 보니 연애가 오래 지속되기는 어려웠다.

"눈이 송아지 같아."

연인이었던 한 친구가 얼굴을 가까이 마주한 채 말했다. 연애를 하기 전에는 내가 무심하고 쌀쌀맞을 줄 알았다고 한다.

그런데 눈을 자세히 보니 그저 순둥순둥하고 여린 아이와도 같다는 것이다. 괜스레 부끄럽고 창피한 마음에 얼굴을 돌렸다.

"왜 그래?"

"그냥."

"에이, 이렇게 가까이 볼 수 있으니 얼마나 좋아."

이 말을 해주었던 연인과는 결국 이별했다. 셀 수 없을 만큼 오래전에. 실망할까 봐 두려워 거리를 두었는데, 오히려 거리를 두려는 나에게 대부분 실망했다. 연인이든 친구든 상관없이. 이러나저러나 나에게 실망할 거라면, 대체 거리를 두는 게 무슨 의미가 있나 싶었다. 1미터만 거리를 두려 했던 사람들이 정신을 차려보니 맞닿을 수 없이 멀어져 있었다. 이 정도의 거리감을 원한 건 아니었다.

차근차근 앞걸음질을 배워나갔다. 뒷걸음질은 익숙했으니까. 뒤로 물러나는 건 언제나 쉬웠다. 언제나 어려운 건 다가가는 것이었다. 가까워져도 두려워하지 않는 나로 나아가고 싶었다. 서로 '고작 이것밖에 안 되는 인간'이라는 걸 알아차려도, 실망을 주거니 받거니 하더라도 함께 나아갈 수 있는 그런 관계를 이루고 싶었다.

최근에 한 사진작가의 '인물 사진 찍는 방법'에 관한 영상을 보았다. 다양한 촬영 기법 중 익스트림 클로즈업Extreme Close-up으로 찍은 사진을 소개하는 영상이었다. 이는 요즘 사람들에겐 '얼빡샷'이라고도 불린다. 얼굴이 여백 없이 빡빡하게 들어가 있는 사진이다. 그러기 위해선 작가가 인물에 최대한 근접하거나 카메라 줌을 활용하여 찍어야 한다. 물론 사진 찍히는 당사자는 전문 모델이 아닌 이상 '얼빡샷'을 부담스러워하는 경향이 있다. 그러나 보는 사람으로 하여금 강한 임팩트를 느끼게 한다는 것이다.

"왜 임팩트 있게 느껴지느냐? 사람들은 사진에서 평소에 보지 못했던 것을 볼 때 '아, 이 사진 참 매력적이고 멋있다!'라고 생각하기 때문이죠. 우리가 어떤 인물을 아주 가깝게 볼 기회는 많지 않잖아요. 키스할 때 아니고는 어렵겠죠. 물론 그땐 눈을 감느라 보이지도 않겠지만."

코로나 바이러스 때문에 시행된 사회적 거리 두기가 해제된 지 1년이 지났다. 사람 사이에 거리를 두려는 나의 강박도 완화되었다. 물론 여전히 적당히 거리가 있는 게 편할 때가 있다. 그러나 어떤 거리감도 없이 마주할 수 있는 관계에는 평온함이 있다. 생각보다 그럴 수 있는 사람이 흔하지도 않다. 그만큼 소중한 사람들이다.

그러고 보니 긴밀한 관계는 서로를 익스트림 클로즈업으로 바라볼 수 있는 거리에서 시작되는 게 아닐까? 그게 여백 없이 서로의 얼굴을 빡빡하게 바라볼 수 있는 '얼빡샷'이든, 여백 없이 서로의 마음을 빡빡하게 바라보는 '마빡샷'이든 간에.

제목 거리 완급조절 날씨

너무 가까이 있어서 서로 온전히 보지 못할 때도 있다. 그래서 또 상처를 주고받는다.
성능 좋은 카메라도 너무 가까운 피사체엔 초점이 맞지 않으니까!

완벽한 단골집 만들기 프로젝트

지금껏 살면서 단골집이라 여길 만한 곳이 없었다. 음식점이든, 술집이든, 항상 새로운 곳에 가는 걸 좋아했다. 한번 맛본 음식을 굳이 또 먹을 이유가 없었다. 나는 항상 새로운 음식, 새로운 맛을 찾아 헤맸다. 아무리 맛있는 음식이라 한들, 먹어본 음식을 또 먹는 일에는 왠지 모를 지루함을 느꼈다.

항상 새로운 식당을 찾듯, 인간관계도 마찬가지였다. 매번 새로운 사람을 만나는 순간을 즐겼다. 사람을 한 번 만나고, 두 번 만나고 하다 보면 재미는 조금씩 반감됐다. 그 상대가 싫은 것은 아닌데, 그 사람을 만날 시간에 다른 새로운 사람을 만나는 편이 상대적으로 더 재미있었다. 그래서 한 사람과의 관계가 그리 오래 지속되지 못했다. 연애도 길게 하지 못했으니. 물론 '사람 사이에 1미터 남짓 거리 두기'에 대한 강박도 한몫했다. 결과적으로 인간관계에서 단골집이라 부를 만한 사람이 주변에 별로 없었다.

이런 내가 점차 변해갔다. 새로운 식당을 가기보다 늘 가는 곳만 가게 된 것이다. 단골집이라 할 만한 가게들도 점차 늘어났다. 이유는 단순했다. 한번 맛있다고 여긴 가게는 언제 가도 맛이 있어서였다. 그러나 이따금 새로운 식당을 가려고 하면 (물론 새로운 분위기는 항상 나를 설레게 했지만) 정작 음식을 먹고는 실망하는 일이 비일비재했다. 늘 가던 단골집에서 벗어나서 큰마음을 먹고 새로운 식당에 갔는데 맛이 없다? 그 실망감은 이루 말할 수 없었다. 새로운 곳에 가는 건 언제나 리스크가 존재했다. 자꾸만 실망감이 쌓이니, 새로운 식당에 가기가 점차 꺼려졌다.

인간관계도 마찬가지였다. 새로운 사람을 만날 때마다 별 볼 일 없는 사람들을 자주 접하게 됐다. 그러다 보니 기존에 만나던 편한 사람만을 찾게 되었다. 30대가 되고 나서는 새로운 사람들을 만나는 것도 조금씩 꺼려지게 되었다. 좋은 사람이라 여기면 더욱 자주 만났고, 그 사람과의 관계는 더더욱 깊어졌다. 20대에 1년을 넘겨본 적이 없는 연애는 30대가 되어서야 비로소 1, 2년씩 이어졌다. 그렇게 한번 마음에 든 식당은 즐겨 가는 단골집이 되었고, 한번 편하다고 생각한 사람은 즐겨 만나는 단골 관계가 되었다.

어느 날, 홍대에 위치한 단골 식당을 찾아갔다. 항상 웨이팅이 있었지만 그만큼 맛도 훌륭했다. 그날따라 한가한 시간대였는지 사장님이 직접 서빙을 하고 있었다. 나는 늘 먹던 음식을 주문했다. 조리된 음식을 사장님이 가져다주었다. 순간 사장님이 나를 전혀 기억 못 하고 있다는 느낌을 받았다. 못해도 열 번 가까이 방문한 식당이었다. 나에겐 단골집이지만, 내가 단골손님은 아닐 수 있겠다는 생각이 들었다. 그만큼 손님이 많은 식당이니. 손님 얼굴을 구분 못 할 수 있겠거니 받아들였다.

빈정 상한 것도 없는데, 왠지 모를 오기가 들었다. 단골손님으로서 존재감을 사장님에게 각인시키고 싶었다. 그날 이후로 식당에 찾아갈 때마다 조용히 음식만 시키지 않았다. 들어갈 때는 사장님의 눈을 보며 먼저 인사를 건넸고, 다 먹고 나올 때는 맛있게 잘 먹었다는 말을 빠짐없이 했다. 혼자 먹으러 갈 때도, 친구랑 함께 갈 때도 매번 인사를 건넸다. 노력은 배신하지 않는 법. 어느 날, 식당을 들어서는데 사장님이 나에게 먼저 "또 오셨네요."라고 말을 걸었다. 드디어! 마치 단골손님이라는 자격증을 취득한 것처럼 단골로서 자격을 인정받은 기분이었다.

그림에도 유독 단골집이 되기 어려운 장소가 있다. 내가 나에게 단골집이 되는 것. 나도 마찬가지고, 대부분 어려워한다. 자기 자신과 대면할 때는 항상 새로운 나 자신을 만나고 싶어

한다. 현재의 내 상태는 늘 불만족스럽다. 내가 처한 상황은 지루하기 짝이 없다. 새로운 사람으로 변모하고 싶다는 마음만 간절하다. 이러한 마음이 자신을 성장시키기도 한다. 가게가 음식 맛을 개선하거나, 서비스 질을 높이거나, 인테리어를 멋지게 꾸미는 것처럼. 그러나 지나치게 완벽함을 추구하다 보면 스트레스를 받는다. 스스로를 학대하면서까지 새로워질 필요가 있을까.

실제로 단골집이 된 식당들도 모든 게 완벽하진 않았다. 음식은 맛있지만 서비스가 조금 차갑거나, 음식은 그저 그래도 인테리어나 분위기가 좋아 단골이 된 곳도 있다. 인간관계도 그렇다. 모든 점이 만족스러운 친구란 없다. 가끔 마음에 안 드는 구석이 있어도, 그럼에도 함께 있으면 편하기에 오랜 기간 관계를 지속한다. 이러한 태도를 나에게도 적용시킬 수 있지 않을까?

나 자신을 대할 때 꼭 엄격한 잣대를 들이댈 이유가 없다. 완벽해진 나, 새로운 나를 찾기보다 있는 그대로의 내 모습을 받아들이기 시작했다. 단점은 단점대로 숨기지 않고 인정하고, 장점은 장점대로 드러내면서 겸손해하는. 이제는 내 본모습에 서서히 단골이 되어가고 있다. 설령 조금 부족하더라도 차근차근 나아가면 되니까. 나 스스로에게 단골이 되어가는 일은, 자존감이 높아지는 과정과도 같다.

기어코 단골집이 된 홍대 음식점 사장님은 말했다.

"또 오셨네요?"

"저 기억하세요?"

"물론이죠."

"감사해요."

"제가 더 감사하죠."

내 안에 내가 너무 많아 구분이 안 되어도, 그 어떤 내 모습과도 서로 감사함을 주고받을 수 있는 관계. 완벽한 단골집이란 그런 게 아닐까?

제목 단골되면 좋은 점

날씨

이건 손님이 힘들 때 잘 버텼던 의지
이건 서툴러도 사려깊은 마음
이건 절망에도 놓지않았던 희망
이건 손님만의 특별 함
이건 잊지않길 바라는 꿈

오늘따라 사장님이 유독 서비스를 많이 줬다! 내가 잘 알지 못했던 서비스들이 나왔는데, 이것저것 맛보다보니 더 이상 먹을 수 없을 만큼 내 마음이 빵빵하게 부풀어 올랐다!

자해를 멈추고 이해를 배우다

살면서 자해를 해본 적 없는 사람이 자해하는 사람의 마음을 알까? 아직 어린 나이인 청소년 시기에 자해를 하면 감정이 풍부할 나이니까, 어리고 충동적인 시기니까, 실제로 통계에 따르면 자해는 10대들이 가장 많이 한다고 하니까 하고 그 심정을 헤아려볼 수 있을 것이다. 자해하는 마음을 잘 모르는 사람이라도 실제로 자해하는 10대를 마주했을 때 '아직 어리니까 그럴 수 있지.' 하며 어떻게든 상황을 이해해보려고 할 것이다.

나는 20대에 들어서 자해를 처음 시작했다. 어른이 되었다고 믿었는데 청소년이나 하는 거라고 여겼던 자해를 내가 하고 있었다. 그때의 자괴감은 이루 말할 수 없었다. 종종 이해 안 되는 행동을 하는 사람을 보면 '쟤는 대체 왜 저럴까?' 싶고

당황스러운 기분이 든다. 그래서 힘들 때마다 자해를 하고 싶어 하는 내 모습이 당황스러웠다. 도무지 이해가 되지 않아 머릿속이 어지러웠다. 어지러움이 반복되면 구토가 나온다. 자해를 반복하는 내 모습에 토가 쏠렸다.

다 큰 어른이 자해하는 모습을 보고 받아들일 수 있는 사람이 몇이나 될까? 생각할수록 참담했다. 결코 내가 자해한다는 사실을 누군가에게 드러낼 수 없었다. 내 몸에 새겨진 자해 흉터는 언제나 콤플렉스였다. 들켜서는 안 됐다. 부끄럽고 수치스러운 최악의 콤플렉스를 간직한 채 20대를 보냈다. 자해가 한두 번으로 끝났다면 좋았을 텐데. 흉터는 자연스레 아물고 지워질 테니. 그렇다면 스스로에게 그냥 좀 안 좋은 추억이라 여기며 적당히 잊고 살 수도 있었을 텐데. 반복되는 자해 행위를 멈출 수 없었다.

어느 날 우연히 해외 뮤지션의 뮤직비디오를 보게 되었다. 오래된 일이라 제목은 잘 기억나지 않는다. 음악이 귀에 들어와서 본 게 아니었기 때문에. 오로지 보컬의 비주얼에 시선이 갔다. 여성 보컬이었고 굉장히 뚱뚱한 체격임에도 노출이 심한 옷을 입고서 무대를 휘저으며 노래를 불렀다. 그 모습이 내게는 가히 충격으로 다가왔다.

나는 한때 엄청난 고도비만이었다. 그때는 어떻게든 체형이 가려지는 옷을 입으려고 했다. 뭘 입어도 예쁜 핏이 안 나올 거라는 생각에 옷도 아무렇게나 입고 다녔다. 살찐 모습이 콤플렉스였고, 그 콤플렉스를 숨기고자 부단히 노력했다. 그런데 뮤비 속 여성은 자신의 뚱뚱한 몸을 보란 듯이 당당하게 드러내고 있었다. 그것도 엄청난 카리스마를 뿜어내며.

"있잖아…… 나 사실 게이야."

"진짜?"

"응. 너한테도 얘기하고 싶었어."

"다른 사람들도 알아?"

"가까운 사람들이랑 가족한테도 말했지."

동창생이었던 한 친구는 내게 커밍아웃을 했다. 부모님을 포함한 몇몇 사람에게 질타를 받긴 했지만, 이제는 어떠한 반응에도 적응이 됐다고 말했다. 커밍아웃하고 얻은 게 무엇이냐고 물었다. 그는 '자유'라고 답했다. 누구에게도 더는 자신을 숨기지 않아도 되고, 부끄러워하지 않아도 되는 것. 그리고 커밍아웃 이후에도 자신을 있는 그대로 좋아해주는 사람들이 곁에 있다는 사실을 깨달은 것. 모든 게 자유로워지고 편해졌다고 했다.

그렇다면 나는? 내 자해 흉터가 꼭 숨겨야 할 무엇일까? 살이 뚫리는 고통을 참으며 얼굴에 피어싱을 하고 다니던 친구들, 바늘이 박히는 고통을 참으며 온몸에 타투를 하고 다니는 친구들이 내 주변에도 정말 많았다. 문득 생각했다. 고통으로 새겨진 내 자해 흉터가 그들이 하는 피어싱과 타투와 다를 게 무엇인가? 자랑스럽다고 잘난 척을 할 일은 아니지만, 적어도 수치스러움에 꽁꽁 숨길 일만은 아니지 않나? 뮤비 속 여성이 뿜어내던 카리스마를 닮고 싶었다. 커밍아웃한 친구가 느꼈다던 자유를 느끼고 싶었다.

그렇게 손목을 감쌌던 보호대를 벗어 던졌다. 자해 흉터를 감추기 위해 착용했던 스스로의 가식된 장식을. 뿐만 아니라 한여름에도 입었던 긴팔 티셔츠를 벗어 던졌다. 민소매에 가까운 반팔 티를 입고 거리를 활보했다. 친구를 만날 때도, 언제 어디서라도.

친구들은 다양한 반응을 보였다. 보고도 아무 말 안 하는 친구, 이게 뭐냐고 묻는 친구, 징그럽다는 친구, 아프지 않았냐고 묻는 친구, 예술 퍼포먼스냐고 묻는 친구, 걱정하는 친구 등등. 어떤 반응을 보여도 애써 미소를 지으며 말했다.

"아…… 나 원래 자해했는데, 이전까지는 숨기고 다녔는데 이제 그냥 드러내고 살려고."

"부끄럽진 않아?"

"아직 어색하긴 한데, 내가 죄지은 것도 아니고, 그렇다면 뭐 부끄러울 게 있나 싶기도 하고. 그냥 타투한 거라고 봐줘."

자해하는 나의 마음을 알까? 알려고는 할까? 나는 친구들이 알고 싶어 하지도 않고, 그냥 싫어할 거라 막연히 상상했다. 하지만 내 예상은 철저히 빗나갔다. 생각보다 많은 친구가 지난날 나의 아픔을 헤아리고자 했다. 완벽히 이해할 순 없겠지만, 그럼에도 이해해보고자. 완전히 공감할 수 없겠지만, 그럼에도 공감해보고자. 저마다의 표현 방식으로 나와 내 몸의 상처와 소통하고 싶어 했다.

물론 몇몇은 내가 없을 때 좋지 않은 얘기를 했다 한다. 또한 이 시기에 멀어진 친구들도 실제로 있다. (내가 자해를 해서 멀어진 건지, 다른 이유로 멀어졌는지는 알 길이 없다만…….) 그럼에도 딱히 상처를 크게 받진 않았다. 이미 내 몸에 워낙 상처가 많아서였는지, 마음의 상처는 상처처럼 느껴지지 않았다. 무엇보다 나를 지지해주는 친구들이 있었다. 지지까진 아니더라도 곁에 있어주는 친구들도 예상보다 많았다. 자신감을 조금씩 얻을 수 있었다. 콤플렉스에서 당당해질 수 있는 자신감 말이다.

신기하게도 콤플렉스라는 게 막상 드러낼수록 콤플렉스가 아니게 되는 기묘한 경험을 했다. 숨기지 않아서였는지 내 머릿속에서 콤플렉스가 더 이상 콤플렉스로 정의되지 않았다. 무의식 속에서 만들어진 콤플렉스라는 감옥에서 해방되어 어디든 떠돌 수 있는 자유로운 기분이었다. 정확히 이때부터 자해 욕구도 점차 사그라들었다. 그리고 서서히 그렇게 완전히 자해를 그만둘 수 있었다.

살면서 자해를 해본 적 없는 사람은, 자해하는 사람의 마음을 완전히 알 수 없을 것이다. 반대로 자해를 해본 사람도 한 번도 자해를 경험해보지 않은 사람이 자해에 대해 어떤 마음을 품고 있는지 완전히 알 수 없을 것이다. 내가 자해한다는 사실을 말하면 어차피 사람들은 이해하지 못하고 날 싫어하고 떠날 거라 생각했지만 현실은 그렇지 않았던 것처럼, 나 역시 누군가의 마음을 완전히 알 수 없었던 셈이다. 결국 자해든 뭐든, 우리는 서로의 마음을 완전히 알 수 없다. 그렇지만 적어도 서로의 마음을 알릴 수는 있다.

더 이상 자해를 하지 않는다고 말하면 응원하는 친구, 그냥 그러려니 하는 친구, 믿지 않는 친구 등등 또 다양한 반응들을 보인다. 어떤 반응에도 나 역시 무던해진다. 어쨌든 그들은 내 곁에 남아 있으니까. 생각해보면 내가 그들에게 딱히 잘해준 것도 없는 듯한데, 그들은 왜 내 곁에 있는 걸까? 완전히 알 순 없어도 친구들 마음이 궁금하다.

제목 새학원 가는 날 | 날씨

자신에게
상처주지않는
자격증 학원

친구에게
상처주지 않는
자격증 학원

나 자신에게 상처 주는 자해를 안하는 방법을 알게 됐다. 그리고 오늘부터 친구에게 상처주지 않는 방법을 배우러 간다 굉장히 설렌다. 잘 할수 있겠지? 화이팅! 이모르!

DAY 3.

오늘은 나 자신을 안아줬다.
참 애틋했다!

이러나저러나
좋은 건 좋은 거

외로움이라는 감정을 느낄 때마다 애써 부정하려 했다. 어차피 인간은 누구나 외롭지 않나? 나만 외로운 게 아닌데, 외롭다고 괜히 칭얼대고 싶지도 않았다. 애초에 외로움이란 단어조차 잘 쓰지 않았다.

심리학에서는 외로움과 고독이 서로 다른 개념이라 한다. 외로움은 사람들과의 관계를 추구했는데 그 관계가 제대로 되지 않을 때 혼자라는 생각이 들면서 발생하는 정신적 고통이다. 반면 고독은 일종의 정신적 해방이다. 늘 누구를 만나야 하고, 무엇인가 끊임없이 신경 써야 하는 등의 과다한 자극에서부터 의도적으로 회피하는 것이다. 오롯이 혼자서 집중할 수 있는 시간을 고독이라고 부른다. 외로움이 외부 세계와의 단절에서 오는 쓸쓸한 감정이라면, 고독은 자발적 고립에서 오는 적적한 감정이다. 그래서 고독이란 감정은 스스로 선택할 수 있다는 점에서 좀 더 주체성을 띤다고 본다.

'난 지금 외로운 게 아니라, 고독한 거야.'

홀로 쓸쓸하고 적적한 감정을 느낄 때면, 그것이 아무리 외로운 상태여도 고독하다는 표현으로 대체했다. 그 편이 괜스레 더 멋져 보였기 때문이다. 감정을 유발하는 요인이 무엇이든 간에, 외로워서 힘든 게 아니라 고독을 선택했기에 힘든 거라고 합리화했던 것이다. 외로움이 풍기는 나약함과 취약성으로부터 거리를 두려는 시도였다.

"여친이랑 헤어지니깐 삶이 왜 이리 고독하냐?"

"그건 고독이 아니라 외로움이야."

누군가 외로움이나 고독에 대해 말할 때면, 매번 맞춤법 지적하는 사람마냥 상대를 대했다. 추측건대, 이런 내 모습이 필히 재수 없었을 것이다. 어느 순간부터 친구들이 내 앞에서 외롭다는 말조차 꺼내지 않는 듯했다. 나 또한 왠지 모르게 외로운데 누군가에게 외롭다고 쉽사리 말을 꺼내지 못했다. 이러한 내 모습에 한 친구가 말했다.

"센 척 좀 그만해."

온갖 센 척을 해대며 허세 부리는 이들과 나는 다를 게 없어 보였다. 내 모습이 어딘가 우습게 느껴졌다.

외로움과 고독 같은 유의어의 의미를 구분 짓는 게 무슨 의미가 있을까? 누군가를 사랑하는데, 만날 때마다 이 사랑이 단순한 설렘인지, 육체적으로 끌리는 성욕인지, 티끌 한 점 없는 순정인지, 떨어지지 않고 싶은 애착인지, 인간적인 동경인지, 매번 감정을 결벽증처럼 깔끔하게 단어로 나누고 정리하고 재단하려는 나 스스로에게 피곤함을 느꼈다. 그냥 사랑하면 되는데.

외로움인지 고독인지 모를 이 감정도 마찬가지다. 둘 다 사람을 심심하게 하고, 무료하게 하고, 힘들게도 하고, 고통스럽게도 하는 건 매한가지다. 외로운 동시에 고독할 수도 있고, 고독한 동시에 외로울 수도 있다. 사람들이 종종 "나도 내 기분을 모르겠어."라고 말하는 것처럼. 어떠한 감정이든 단어 하나만으로 규정할 수 없는 복합적인 기분이 섞여 있다.

"나트륨이 너무 많은데……."

"아 좀, 오늘은 그냥 먹자."

한때, 연인이 야식으로 컵라면을 먹자는 말에 툴툴대며 대답했다. 어렸을 적부터 야식 먹는 걸 좋아하지 않았다. 다음 날 퉁퉁 부은 내 모습을 보는 게 싫었다. 하지만 분명 연인은 꼴 보기 싫었을 것이다. 오랜만에 여행까지 왔는데 둘이 오붓하게 함께하는 순간마저 까탈스럽게 구는 내 모습이.

음식의 영양 성분을 알아가며 먹는 건 좋다. 그러나 영양 성분만 지나치게 따진다면, 영양가는 없어도 맛은 확실한 그 음식이 주는 기쁨을 온전히 느낄 수 없다. 더구나 사랑하는 사람과 함께하는 그 시간, 대화, 분위기 전부를 온전히 느낄 수도 없다. 그리고 처음엔 불평했지만 야식으로 먹은 그 컵라면은 내 인생에서 가장 맛있게 먹은 컵라면이 되었다.

단어들의 의미를 알아가는 건 좋다. 상황과 의미에 맞는 단어를 찾아 사용하는 것도 중요하다. 누군가와 소통할 때 어휘력은 풍부할수록 이롭다. 단어를 다양하게 활용할 수 있다면 서로 이해하기 훨씬 수월하다. 설령 그것이 나 자신과의 소통일지라도 말이다.

그러나 감정을 이해하는 것과 느끼는 것은 다르다. 단어를 알면 이해하기 쉬워지지만, 그럼에도 감정은 느끼는 것이다. 느끼지도 못하는 단어를 많이 아는 게 무슨 소용인가? 맛을 느끼지 못하는데 영양 성분을 아는 게 무슨 소용인가?

더 이상 센 척하고 싶지 않으니, 외로움인지 고독인지 구분 짓기 전에 그 쓸쓸하고 적적한 마음을 온전히 느끼는 경험에 집중하려 한다. 느낄 수 있어야 그 마음을 진심으로 어루만질 수 있을 테니까. 나 자신도, 타인의 마음도.

제목 감정 성분표 | 날씨

감정 성분표
호감 32g, 설렘 64g
순정 53g, 욕정 43g
14g, 동경 2

누군가에게 사랑을 느껴서 성분표를 봤다. 뭔가 괜찮은 것도 있는데 안괜찮은 것도 있어보였다. 그 모습을 본 친구가 말했다
"아! 답답해, 뭘 자꾸 재! 그냥 사랑한다 말하라고"

분노 조절 장애

분노 조절 장애(간헐적 폭발성 장애)가 있는 사람을 보면 대부분 혀를 차며 말한다.

"왜 저래?"

알고 지내던 사람이 술에 만취해 대뜸 화를 내거나 다른 사람에게 시비 거는 모습을 보면 나 역시 혀를 차게 된다. 그렇다면 이렇게 누군가 분노하는 모습에 혀를 차는 이들은 살면서 단 한 번도 화를 내본 적이 없을까? 아마 그렇지 않을 것이다.

"왜 화가 나는가?" 하는 물음에 여러 가지 이유가 존재하겠지만, 모든 이유를 아우르는 단 하나의 동기가 있다. 우리는 자신이 통제할 수 없는 것, 즉 통제되지 않는 무엇에 화를 낸다.

가령 뉴스를 통해 접한 어떤 파렴치한 범죄자를 보고 분노한다면, 그 범죄자를 때려죽이고 싶지만 내가 때려죽일 수도 없는 노릇이기에 화가 나는 것이다. 범죄자는 내가 통제할 수 없는 사람이고, 애초에 범죄의 발생부터가 내가 통제할 수 없는 사건이기에 화가 난다. 또한 미쳐가는 세상을 보거나 사회의 부조리에 화를 내는 이유도 일개 시민인 내가 사회를 옳은 방향으로 이끌고 통제할 수 없기 때문이다. 어린 자녀를 가진 부모가 자기 자식에게 화를 내는 것도, 아무리 좋은 말로 달래고 어르려 해도 자녀가 말을 듣지 않고 통제되지 않기 때문이다.

자기 자신에게 실망하고 화가 나는 것도 자신의 감정이, 의지가, 처한 상황이 원하지 않는 방향으로 자꾸 흘러가니까, 통제되지 않는 까닭이다.

다양한 분야의 전문가를 초빙해 인생의 질문을 탐구하는 한 예능 프로그램에서, 게스트로 출연한 뇌 과학자 정재승 교수는 '분노'를 주제로 출연자들에게 살면서 가장 화를 많이 낸 상대가 누구인지 물었다. 출연자는 대부분 어머니를 꼽았으며, 그 밖에도 아버지와 형, 누나, 오빠, 언니, 동생, 배우자 등 가족이나 연인, 친구처럼 가까운 상대에게 화를 내는 경우가 많다고 대답했다. 우리는 왜 가장 사랑하거나 가깝다고 여기는 대상에게 화를 낼까? 이 질문에 정재승 교수는 다음과 같이 설명했다.

"우리의 뇌는 자신을 인지하는 영역(내측 전전두피질)과 타인을 인지하는 영역이 분리되어 있어요. 그러나 가깝다고 여기는 관계일수록 나와 가깝게 저장되죠. 희한한 건 우리나라 사람들은 나를 인지하는 곳에서 엄마도 같이 인지합니다. 나와 엄마를 동일시하는 거예요. 나라고 인지할 정도로 가깝기 때문에 내 마음대로 통제하고 싶어 해요. 그래서 자꾸만 엄마에게 화를 내죠. 나와 한 몸이라고 생각하기 때문에, 너무 사랑해서 통제가 안 되면 불같이 화가 나는 거예요."

누군가가 내 생각대로 했으면 하는 마음에서 화는 시작된다. 뇌 과학적 논리대로라면 분노 조절 장애가 있는 사람은 뇌에서 나를 인지하는 영역에 타인을 불법 다운로드하는 셈이다. 아무 상관도 없는 타인을 나 자신이라 착각하고, 내 마음대로 통제할 수 있다고 생각해서 발생하는 오류인 것이다. 평소에는 화도 잘 못 내는 사람이 술 취해서 화를 내고 누군가에게 시비를 거는 행위도 취해서 나를 인지하는 영역과 타인을 인지하는 영역의 질서가 교란되며 발생한다.

그림을 그릴수록 알게 되는 것이 있다. 그림을 그릴 때 쓰는 모든 선과 모든 붓 터치를 내가 전부 통제할 수 없다. 그렇기에 통제에서 벗어난 부분은 지우고 수정하고를 반복한다. 설령 숙련자가 되어 어느 정도 선과 터치의 통제가 가능해진다 해도, 자신의 첫 의도와 완벽히 맞아떨어지는 결과물이 매번 나오지는 않는다. 또한 내가 만족스럽게 그린 그림이 항상 누군가를 만족시킬 수도 없다. 그림을 그리면 그릴수록, 그림은 세세한 과정부터 결과까지 모든 걸 다 통제할 수 없음을 깨닫게 된다.

나를 표현하기 위해선 내 생각과 감정 따위를 돌아보고 관찰해야 한다. 내 생각과 감정의 뿌리를 바라보는 과정에서 한층 더 나 자신을 이해할 순 있지만, 그렇다고 해서 모든 생각과 감정을 내가 원하는 방향으로 바꾸거나 통제하기는 어렵다. 나이가 들수록 노화가 진행되어 육체와 건강을 완벽히 통제할 수 없듯이 말이다. 인간이란 애초에 자기 자신을 완벽히 통제할 수 없음을 깨닫게 된다.

물론, 통제되지 않는다고 좋은 방향으로 나아갈 노력조차 하지 말자는 말은 아니다. 중요한 건 나 자신도, 내가 그리는 그림도, 내가 살아가는 삶도, 내가 대하는 타인도, 내가 사는 세상도 모든 것을 완벽하게 통제할 수 없으니, 통제되지 않을 수 있음 그 자체를 받아들이는 '너그러움'이 필요하다는 말이다.

뇌 과학적으로 사랑하거나 친밀하게 느끼는 타인을 나 자신을 인지하는 영역에 가깝게 저장해 그러한 타인과 나를 동일시한다는데, 이 메커니즘을 쉽게 바꿀 수는 없을 것 같다. 인간의 뇌가 원래 그렇다는데 뭐 어쩌겠는가.

그렇다면 나 자신을 인지하는 영역에 모든 걸 내가 통제할 수는 없다는 너그러운 태도를 함께 저장해야 하지 않을까. 그래야 나와 가깝게 저장된, 나라고 생각하는 친밀한 대상들을 똑같이 너그러운 마음으로 대할 수 있지 않을까 싶다. 그러면 나, 너, 우리가 모두 서로에게 너그러워지고, 화가 줄어든 세상 속에서 살 수 있지 않을까.

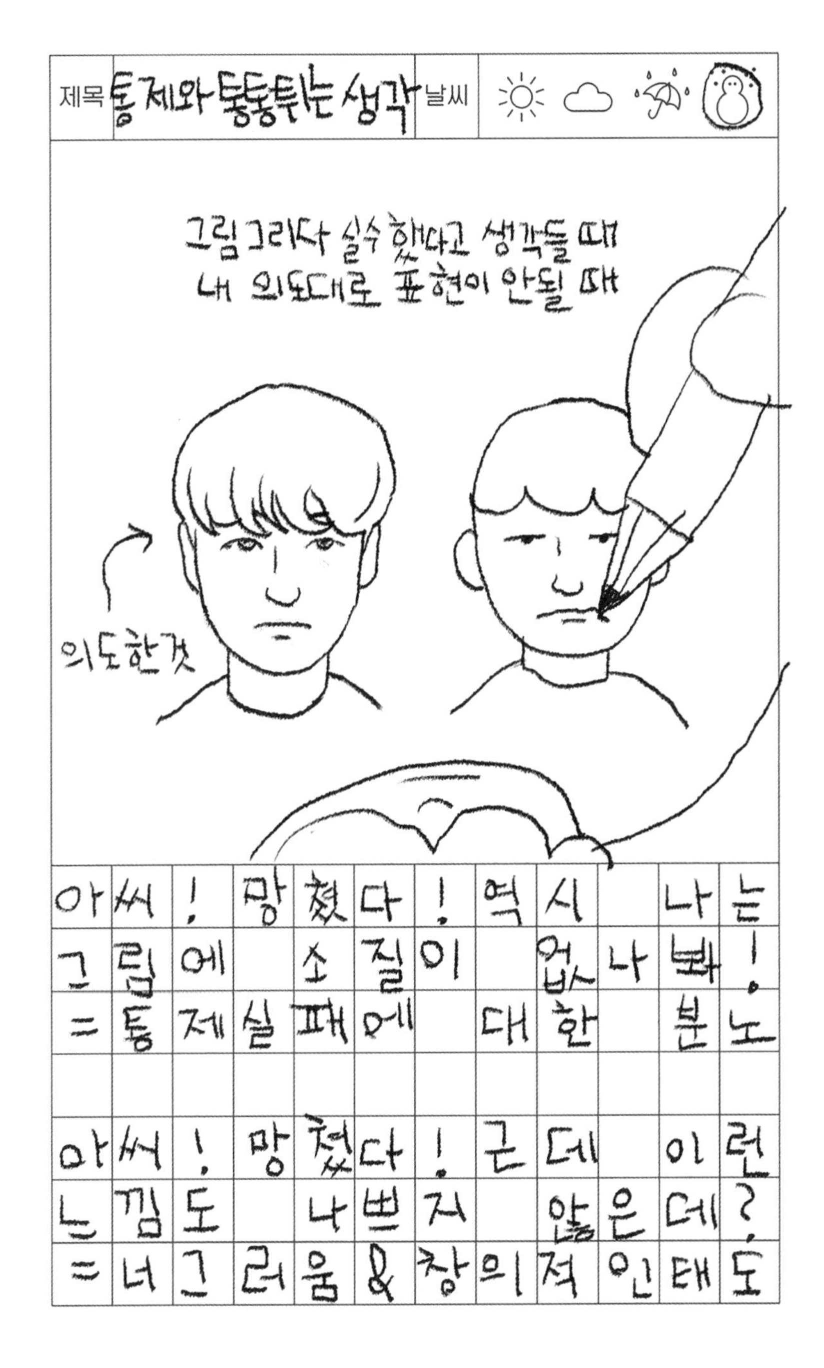
제목 통제와 통통튀는 생각
날씨
그림 그리다 실수 했다고 생각들 때
내 의도대로 표현이 안될 때
의도한것
아씨! 망쳤다! 역시 나는 그림에 소질이 없나봐!
= 통제실패에 대한 분노
아씨! 망쳤다! 근데 이런 느낌도 나쁘지 않은데?
= 너그러움 & 창의적인 태도

내 꿈은 수영왕

매번 그랬다. 감정에 깊이 빠지고 싶지 않은데 빠지게 되는 순간들이 많았다. 너무 많았다. 직접 몸을 내던진 것도 아니다. 발을 헛디뎌 떨어지고, 밑을 못 보고 추락하고, 예상치 못한 감정의 홍수가 터지는 등의 천재지변으로 떠밀리기도 하고.

감정이 요동치던 20대 시절. 가진 것도 없고 준비된 것도 없는 상황에서 의지와는 무관하게 우울증이라는 강물에 풍덩 빠져버렸다. 그전에도 몇 번인가 우울감을 느낀 적은 있다. 그 깊이가 얕은 개울 수준에 불과했지만. 하지만 이번엔 수심조차 파악되지 않는 깊은 강물 속으로 빨려드는 느낌이었다. 게다가 물살이 너무나도 거셌다. 순간 나는 필사적으로 허우적거렸다. 이러다 정말 쥐도 새도 모르게 휩쓸려 익사할 것만 같았다. 나의 몸부림은 생존을 향한 본능적 몸짓에 가까웠다.

물살이 나를 뒤엎고, 코와 입으로 물이 마구 들어왔다. 누군가에게 살려달라는 말조차 내뱉을 수 없었다. 숨을 헐떡이며 손발만 마구 내둘렀다. 그러다 가까스로 물 밖으로 나왔다. 헤엄도 칠 줄 모르는데, 그저 물살에 휩쓸리다 어쩌다 발이 땅에 닿은 것이다. 한마디로 운이 좋았다.

솔직히 말하면 10대 시절엔 우울감을 약간 낭만적인 감정으로 여기기도 했다. 어려서부터 그림 그리는 삶을 택했으니까. 예술가가 되기 위해선 어느 정도 우울에 사로잡혀 있는 무드가 필요하지 않을까 싶었다. 창작에도 영감을 줄 수 있을 것 같았다. 일부러 우울해지기를 바라기도 하는 어리고 허황된 꿈을 종종 꿨다. 물론 지금도 우울감이 마냥 나쁘거나 옳지 못한 감정이라 여기진 않는다. 여전히 어느 정도는 감미롭고 낭만적인 감정일 수 있다고 생각한다. 다만 어렸을 땐, 깊은 우울증의 현실을 전혀 경험하지 못했을 뿐이었다.

난데없이 깊은 우울증에 빠져서 죽다 살아난 나에게, 우울이란 더 이상 낭만이 아닌 두려움과 공포의 대상이었다. 도망치고 기피하고 싶은 어마어마하게 무서운 존재로 다가왔다. 다시는 마주하고 싶지 않았다. 나도 모르게 우울감이 느껴질 때는 그 감정을 애써 회피하기 위해 무던히 노력했다. 어떻게? 괜찮은 척, 즐거운 척, 행복한 척을 하고, 내가 나 자신을 대할 때도 애써 태연한 척, 온갖 척을 하면서 말이다.

그러나 '척'만 한다고 달라지는 건 없었다. 감정에 빠지지 않으려 해도, 감정은 언제나 천재지변처럼 예측할 수 없이 찾아왔으니까. 나는 여전히 물에 빠질 때마다 "살려줘!"라고 외치며 허둥댔다. 그러던 어느 날 '아, 물에 빠져 죽지 않기 위해선 수영하는 법을 배워야겠구나.' 하는 생각을 처음으로 하게 되었다. 삶을 헤엄치기 위한 수영을.

"수영 등록하러 왔습니다."

그렇게 찾아간 곳은 정신 건강 의학과 병원이었다. 물론 정신과를 간다고 해서 문제가 바로 해결되진 않았다. 우울증은 단번에 치료되는 질병이 아니었다. 의사가 상담을 통해 이렇게 생각하고 저렇게 행동하라고 알려줘도 실전에서 내가 활용할 줄 알아야 했다. 의사가 약을 처방해주어도, 직접 약을 입에 털어 넣을 줄 알아야 했다. 매일같이 약을 꼬박꼬박 잘 챙겨 먹을 줄도 알아야 했다.

정신과 치료를 시작한 뒤로 몇 년간은 과도기를 겪었다. 정말 치료가 되고 있는지, 나아지고 있는지 의구심만 들었다. 매번 의사의 지시에 따라 생각하고 행동하는 일도 쉽지만은 않았다. 물론 열심히 통원하지도 않았다. 헬스장에 등록한 뒤 한두 번 운동하고 안 나가는 회원처럼. 그러다 다시 등록하고 또 안 나가는 회원처럼. 그럼에도 힘들 때마다 어디 기댈 곳이 없었기에 병원을 찾아갈 수밖에 없었다. 그런 나를 의사는 채근도 하고 독려도 하며 끊임없이 북돋아주었다.

"모르 님, 수영 잘하고 싶다고 했죠? 저는 수영하는 방법을 알려주기만 할 뿐이에요. 팔 동작, 발차기, 호흡법을 알려준다고 해도 물에서 직접 연습하는 노력은 모르 님 몫인 거죠. 그리고 약 꼬박꼬박 챙겨 먹는 것도 잊지 마시고요. 수영하려면 근육이 필요해요. 근육을 키우기 위해 단백질 꼬박꼬박 챙겨 먹듯이, 항우울제가 단백질이라고 생각하고 챙겨 드세요."

의사 선생님 말씀을 학생의 마음으로 배워나갔다. 삶에 적용하기 위해 부단히 노력했다. 수영에 대한 이론을 공부하고, 나만의 수영장에서 실습했다. 때로는 안전한 수영장을 벗어나 거센 물살이 치고 들어오는 곳에서도 실전 연습을 했다. 내 뜻대로 이루어지지 않는 현실 세계에서도.

인간관계로 힘들거나 주변 환경에 상처받아 무너질 것 같을 때는 감정의 물살에 휩쓸리지 않기 위해 안간힘을 다했다. 근력을 위해 단백질 섭취도 잊지 않았다. 물론 과정이 쉽지는 않았다. 원하는 대로 헤엄치지 못해 실망감을 느껴도 다시 근사하게 수영해보려는 시도를 반복했다. 엉금엉금 기어가듯 점진적으로 수영 실력을 키워나갔다.

어느새 많은 것이 달라져 있었다. 우울을 대하는 방식뿐만 아니라 나를 괴롭히던 감정들을 다루는 방식, 고통에서 벗어나기 위해 내가 시도해볼 수 있는 방식, 내 마음에 악영향을 주는 환경을 개선하는 방식, 나아가 삶 전반을 대하는 방식 등 모든 게 이전과는 달라졌다.

완벽해졌다는 말은 아니다. 우울을 완전히 극복했다, 가 아니라 우울을 마주할 수는 있게 되었다 말할 수 있는 딱 그 정도. 과거에는 우울에 빠지면 헤엄조차 칠 수 없었다. 생사의 기로에서 허우적거리기만 했던 한 인간이 이제는 살아보려고 거센 물살에 맞추어 수영이라도 해볼 수 있게 되었다는 말인데, 실로 엄청난 변화이자 성장이지 않을까?

요즘엔 굳이 단백질을 섭취하지 않는다. 10여 년이 넘도록 수영을 가르쳐주던 의사가 말했다.

"이젠 강사 지도 아래 다 같이 배우는 반을 떠나 자유수영반으로 가셔도 좋을 것 같아요. 혼자서 수영하시다가 혹시 힘들거나 모르는 게 있으면 언제든 찾아와요."

그렇게 자유수영반으로 옮기고서 꽤나 시간이 흘렀다. 요즘도 감을 잃지 않기 위해 꾸준히 연습하고 있다. 그럭저럭 폼은 난다. 어떤 물에 빠져도 죽진 않을 것 같다. 적어도 생사를 운에 맡기진 않을 것이다. 혹여 내가 자유수영 하고 있는 모습을 보고 누군가 다가와 "수영을 배우면 뭐가 좋아요?" 하고 묻는다면 이제는 분명하게 대답할 수 있을 듯싶다.

수영은 감정에 빠지지 않는 법을 배우는 것이 아니라고. 사람은 누구나 발을 헛디뎌 강물에 빠질 수 있고, 언제든 천재지변에 휘말려 떠내려갈 수 있다. 게다가 아무리 열심히 수영을 해도 거센 파도에 휩쓸려 익사할 수도 있다.

하지만 엄청난 높이의 거센 파도가 찾아오기를 기대하고 설레어하는 서퍼의 마음까진 아니더라도, 감정에 깊게 빠지는 상황을 더 이상 두려워하지 않는 마음이 필요하다. 수영은 그 자신감을 배우기 위한 첫 번째 걸음이다.

제목 파도에서 살아남는법 날씨

쿠와아아앙!!
나 무섭지이이!!

응? 어쩌라고?

거센 파도가 겁을 준다. 큰 파도에 휩쓸리면 고개를 뒤로 젖혀 하늘을 바라보며 팔과 다리를 벌린 채 몸에 힘 빼고 그저 흐름에 몸을 맡기면 된다는 걸 난 이미 알고 있거롱!!

이상주의자의 현실주의

스튜디오 '이모랩'을 차렸을 때 나는 스물여섯 살이었다. 이모랩은 내 개인 작업실이다. 또한 그림에 관련된 오프라인 모임을 진행하는 곳이기도 하다. 스무 살 무렵, 당시에도 나는 그림을 그렸기에 그림에 관심 있는 사람들을 만나고 싶었다. 하지만 대학은 가지 않았다. 주변에 그림에 관심 두는 친구들도 딱히 없었다. 한창 '예술 뽕'에 취해 있던 시기였기에, 그림과 예술에 관한 담론을 즐기며 영감을 주고받을 사람들을 더욱 찾아 헤맸다.

그렇게 알게 된 곳이 그림에 대한 정보를 나누는 온라인 커뮤니티였다. 그 후 열심히 커뮤니티 활동을 했다. 오프라인 모임에도 나가게 되면서 비로소 새로운 사람들을 사귈 수 있었다. 매일같이 사람들을 만나 술을 마셨다. 모임이나 파티를 즐겼다. 관계는 이어지고, 시간은 지나고, 어느새 나는 내가 좋아하는 사람들과 편하게 만날 수 있는 아지트 같은 장소를 만들어야겠다고 결심했다. 그렇게 만들어진 공간이 이모랩이다.

팝 아트 작가 앤디 워홀은 '팩토리'라는 공간을 만들었다. 그곳에서 개인 작품 활동을 하는 동시에 예술을 꿈꾸는 사람들을 모아 함께 작업하는 커뮤니티를 이루었다. 나 역시 팩토리라는 공간에 영감을 받았다. 어쩌면 이모랩은 내가 평소에 꿈꿔왔던 공간이었을 것이다. 이모랩엔 그림 그리는 사람들뿐만 아니라 예술 전반에 관심 있는 사람들이 모여들었다. 나는 그곳에서 매일같이 작업을 하며 사람들과 예술가의 꿈을 함께 키워나갔다.

다만 한 가지 특징이 있었다. 당시 이모랩에 모여든 사람들 나이는 대부분 20대 중반 또는 후반이었다. 이들 대부분 예술가이거나 예술가를 지망하는 사람들이었다. 그때 나는 그림을 그리면서도 앞으로 그림으로 먹고살 수 있을지 걱정이 많았다. 하지만 이모랩에 모인 또래 친구들이나 인생 선배들과 교류하면서 안도의 한숨을 쉴 수 있었다. 다들 예술을 하는 사람들이었기 때문이다. 나 역시 앞으로도 이들처럼 살아가면 되겠거니 생각했다. 하지만…….

"모르야, 나 작업 그만두려고."

"왜?"

"나이도 먹었고 부모님 눈치도 보이고 이제 돈 좀 벌어야지."

"작업하면서 동시에 일도 하면 되는 거 아니야?"

"작업하면서 일하는 게 쉽지 않은 거 잘 알잖아. 선택과 집중을 해야 할 시기가 온 것 같아."

"그래도 조금만 더 해보지……. 작업으로 잘 풀릴 수도 있잖아."

"그걸 기대하기엔 예술가의 불안정한 생활에 이미 너무 지쳤어."

나는 한 살 두 살 나이를 먹었다. 한때 동고동락하면서 예술을 꿈꾸던 동료와 선배들이 하나둘씩 이모랩을 떠나갔다. 예술가의 자유로운 이상을 함께 추구하던 이들이 현실의 한계를 맞닥뜨리고 현실과 타협해나가는 삶을 선택했다. 이들은 어쩔 수 없이 그림을, 음악을, 글을, 사진을 포기했다. 당장 돈이 될 만한 일들을 찾기 시작했다.

그 과정을 지켜보며 괜스레 배신감이 들었다. 또한 나 혼자만 그림을 그리겠다며 버티고 있는 처지가 외롭기도 했다. 한편으론 오기가 생기기도 했다. 나는 현실과 타협하지 않아야겠다, 오로지 예술 작업으로 승부를 보겠다고 마음먹었다.

시간이 지날수록 이모랩에는 또래 친구나 형, 누나들이 아닌 나보다 나이가 어린 친구들이 몰려들기 시작했다. 세대교

체가 시작된 것이다. 이 어린 친구들 역시 각자의 분야에서 예술가가 되기를 꿈꾸는 아이들이었다. 나는 이들 앞에서 멋진 사람으로 비치고 싶었다. 예술을 하는 형 또는 오빠, 아니 하고 싶은 거 다 하며 이상적인 삶을 살아가는 멋진 아티스트로 비치고 싶었다. 그래서 더욱더 가열차게 작업을 이어갔다. 한편으론 불안했다. 내가 예술가로서 사회적 성공이나 큰 부와 명예를 거머쥔 게 아니다 보니 작업만으로 지속 가능한 삶을 누릴 수 있을까 하는 회의감을 지울 수 없었다. 그럼에도 이모랩에 모여드는 예술을 꿈꾸는 어린 친구들과의 소통을 이어갔다. 동시에 이들에게 예술적 영감을 얻기도 했다. 그것이 자극제가 되어 나 역시 작업에 좀 더 매진할 수 있었다.

이모랩이 10주년이 되던 해, 돌아보니 많은 것이 변해 있었다. 안타까운 점은 예술을 하겠다던 어린 친구들 역시 나이를 먹어가며 하나둘씩 이모랩을 떠났다는 사실이다. 이들 역시 예술만으로 먹고살기 어려운 현실을 맞닥뜨릴 수밖에 없었다. 물론 예술에 대한 확실한 신념이 있는 몇몇 친구들은 남았다. 다만, 그 수가 현저히 줄어들다 보니 왠지 모를 외로움은 커져만 갔다. 지금까지의 패턴으로 보아 남아 있는 이 친구들도 언젠가 떠나지 않을까 하는 의심을 지울 수 없었다.

한 가지 분명한 건, 함께 꿈을 나누던 이들과의 소속감이 예전보다 확연히 줄어들었다는 것. 작업을 지속할 수 있게끔 자극을 주던 친구들이 주변에서 멀어져갔다. 어느 순간부터는 내 개인 작업에 대한 동력도 조금씩 떨어져가는 느낌이었다. 무엇보다 현실적으로 나이 먹은 것에 비해 모아둔 돈이 별로 없으니까 계속 이상을 꿈꾸며 예술을 할 수 있을지에 대한 불안과 걱정은 나날이 커져만 갔다.

어느 날 밖에는 비가 추적추적 내렸다. 나는 이모랩에 홀로 남아 작업을 하고 있었다. 듣고 싶은 노래를 크게 틀어놓는다. 글을 쓰고 그림을 그린다. 그러나 쉽지 않다. 작업이 잘 풀리지 않아 머리를 싸맨다. 창작의 고통은 어쩔 수 없는 것이라지만, 창작자로 사는 삶 또한 고통스럽다. 힘들다. 그런데 힘들다는 말을 들어줄 사람이 별로 없다. 안정적으로 회사를 다니는 친구에게 연락해 술 마시자고 졸라댔다. 술자리에서 나의 괴로운 심정을 허심탄회하게 이야기했다.

"나 홀로 외로운 전쟁을 치르고 있는 기분이야. 이상주의자인 나랑 현실주의자인 내가 막 싸워. 서로 이기고 지고를 반복하거든? 승패를 떠나 전쟁하는 일 자체가 참혹하잖아. 그래서 양쪽 다 지쳐서 서로 휴전 협정을 맺기도 해. 근데 남북한 같은 처지지. 언제든 전시 상황이 발생할 수 있다는 불안감이 또 사람을 지치게 만든다? 이래도 지치고 저래도 지치고, 차라리 어느 한쪽이라도 빨리 확실하게 승리해서 종전이나 했으면 좋겠는데……. 물론, 이왕이면 승전국이 이상주의자인 나였으면 좋겠어."

"20년지기 친구로서 하는 말이지만, 넌 진짜 내가 아는 애들 중 가장 이상한 새끼야. 물론 좋은 의미야."

이 땅의 예술가 또는 이상주의자들은 대부분, 이상을 품은 이상한 새끼로 살아간다. 물론 좋은 의미다.

제목 똥냄새
날씨
하늘을 보고있으면 마냥
자유롭지만 땅을 보고
걸으면 개똥따위를 피할
수있다. 산책길에 은행을
엄청밟아 신발에 냄새가
지독했다. 가끔은 이상이
아닌 현실적시도 필요행

날아갈 수 있도록 날리는 힘

"요즘 왜 이리 게을러?!"

엄마의 매일 같은 잔소리.

참다 참다 못해 나는 입을 열었다!

"아니, 게으르면 안 되나? 사람이 좀 게으를 수도 있지 않아? 왜 열심히 사는 것만이 정답이 되어야 하는데! 사회가 너무 각박하다니깐! 사람들에게 열심히 살라고만 하고, 바쁘게 시간을 보내라고 강요하고! 그 속도에 맞추지 못하면 도태된 인간으로 패배자 취급이나 하고. 진짜 스트레스라고. 엄마, 나는 내 시간의 주인이 되고 싶어. 그러니깐 게으름이야말로 온전히 나를 위한 시간이라고. 아무것도 하지 않는다고 아무 생각도 안 하는 게 아니야. 그 뭐냐, 오스카 와일드라는 유명한 작가도 아무것도 하지 않는 건 세상에서 가장 어렵고 가장 지적인 일이라고 했다고. 아무것도 하지 않는 시간은 내가 나를 마주하는 시간이자, 내가 원하는 것이 무엇인지 찾고, 내가 원하는 삶을 살기 위해 고민하는 아주 생산적인 시간이라니까! 생각해보면 바쁘게는 살면서 정작 자기가 뭐 하고 사는지, 뭘 원하는지, 뭘 꿈꾸는지 모르는 현대인들에겐 절대적으로 게으름이 필요하다고. 나 또한 그래서 게으름이 필요한 거고. 이해 좀 해달라고!!"

말이 끝나기 무섭게 엄마는 등짝 스매싱을 날렸다. 나는 몸부림치며 주섬주섬 옷을 입고 집을 나서며 생각했다.

'하아……. 근데 내 말이 진짜 맞지 않나?'

어느덧 집을 나와서 혼자 살고 있다. 여전히 게으른 날에는 한없이 게을러진다. 그럴 때는 내가 나 자신에게 잔소리한다.

'요즘 왜 이리 게을러?!'

'아니, 게으르면 안 되나? 사람이 좀 게으를…….'

'아……! 그 시절 엄마가 등짝 스매싱을 날린 건, 단순히 때린 게 아니라 날려버리려는 물리적 에너지가 아니었을까? 게으름이 내 몸 밖으로 날아가길 바라는 마음에. 어떻게든 집 밖으로 날려서 꿈을 찾아 자유롭게 날아가길 바라는 마음에.'

'이런……. 어머니의 큰 뜻이……. 흑흑흑…….'

나이가 들면서 머리도 커지고 배도 나오고 몸도 무거워졌다. 중력의 영향을 제대로 받는 요즘, 약간의 동력이라도 보태듯 날려주려 했던 엄마의 소중함을 알게 되었다. 물론 집밥의 소중함도 알게 되었다. 또한, 혼자만의 힘으로 게으름을 날리지 못하면 하루를 날린다는 사실도.

제목	훨훨 날고싶다	날씨	☼ ☁ ☂ ☃

살	쪄	서	도		무	겁	지	만		온	갖
생	각	들	로		머	리	도		무	겁	다
날	고	싶	어	도		뜨	질	않	는	다	.
무	게	좀		줄	이	기	위	해		생	각
부	터		비	워	야	겠	다	.	잡	생	각
때	문	에		뭔	가	더		움	직	이	기
힘	들	고		게	으	른	게		아	닐	까

유독 반짝이는 별, 개성

이모랩에 처음 그림을 배우러 온 수강생들에게는 같은 과제를 준다. 일상에서 접하는 어떤 사물이든, 무엇이든 관찰해서 그려 오라고 한다.

어느 날, 수강생 P가 찾아왔다. 어김없이 과제를 내주었다. 그런데 한눈에 봐도 뭔지 모를 그림을 그려서 왔다. 바닥에 놓인 전선을 그린 건지, 번개를 그린 건지, 무엇을 그린 건지 파악이 되지 않아 물었다.

"머그 컵을 그린 거예요."

그제야 파악이 됐다. P는 금이 간 머그 컵을 그린 것이었다. 금이 간 부분에 생긴 미세한 균열들을 마치 돋보기로 본 것처럼 클로즈업하여 종이를 꽉 채워서 그려냈다. 그림을 그려본 경험이 부족해 묘사력이 뛰어나진 않았지만 균열 사이사이로

반사되는 빛, 약간씩 차이 나는 질감을 그려내려는 시도가 엿보였다. 놀라웠다. P의 그림 실력이 좋아서가 아니었다. 신기했던 건, 지금껏 수강생들 중 이런 시점으로 과감하게 그린 그림을 본 적이 없어서였다.

이번에는 자화상을 그려보게 했다. 대부분은 자화상을 그릴 때면 자신의 얼굴을 포함한 상반신을 그리기 마련이다. 그러나 P는 달랐다. 우선 종이 전체를 연필로 새까맣게 칠했다. 무려 30분이 넘도록 연필심을 문질러대더니 완성했다고 한다.

"자화상 그린 거 맞아요?"

"네."

"형체가 없는데요?"

"그냥. 앞날이 깜깜해서 그런지 제 모습이 안 보여서요."

솔직하면서도 위트가 느껴졌다. 확실히 범상치 않은 수강생이었다. 이후로도 P가 그린 그림들을 지켜보았다. 보통은 잘 쓰지 않는 색을 쓰려고 하거나, 잘 쓰지 않을 법한 재료를 쓴다거나, 그림 주제를 잡는 감각도, 그림의 의미를 생각하는 방식도 남달랐다. 그만큼 P의 관점은 매번 특이하고 특별했다.

그림을 가르치다 보면 공통적으로 비슷한 구도, 비슷한 시점으로 그려진 그림을 많이 보게 된다. 눈 아래에 있는 것은 위에서 내려다보고, 눈 위에 있는 것은 아래에서 올려다본다. 만약 눈앞에 머그 컵이 있으면 그저 올바르게 놓여 있는 그대로를 그린다. 누구도 머그 컵을 들어서 밑바닥을 보고 그리거나, 옆으로 굴려놓고 그리지 않는다. 더구나 머그 컵의 금 간 부분을 가까이 들여다보진 않는다.

이것이 그림 그릴 때의 시점 차이라면, 세상을 바라보는 관점은 과연 어떨까? 대부분 비슷비슷한 관점으로 세상을 바라보고 있진 않을까?

살아가는 과정에 있어서도 사회 보편적인 관점이 존재한다. 10대에는 공부를 하고, 20대에는 취직을 준비하며, 3, 40대에는 가정을 꾸린다. 꼭 그렇게 살아야 하는 것도 아닌데 남의 시선에서 오는 영향력을 무시할 수 없다. 조금만 보편적인 삶에서 벗어나 있으면 오히려 주변에서 난리들이다.

"그 나이엔 열심히 공부해야 돼."

"그 나이 먹고 뭐 하는 거야."

끊임없이 다수가 지닌 관점을 주입시킨다. 그들이 말하는 대로 살지 못하면 왠지 모르게 도태되는 느낌이 들 때도 있고, 스스로 잘 살고 있는지 의문도 든다. 어찌 보면 그 압박감 때문에 남다른 관점으로 나만의 독자적인 삶을 살아가는 일이 어려울지도 모른다. 어느새 남들과 똑같은 내가 되어, 나만의 고유한 반짝임을 잃어버리기도 하고.

P의 시선은 '다수의 시점'이 아니라 '독창적인 시점'이었다. 우리가 너무 익숙해서 보지 못하는 것들, 너무 당연해서 재고

해보지 않는 것들 속에서 새로운 의미를 찾아내려는 도전적인 태도였다. 그렇게 그려진 그림은 여러 수강생들의 그림 속에서 확연히 구별되었다. 마치 밤하늘에 뜬 수많은 별들 속에서 유독 특별한 빛을 내는 별을 발견하듯이. 그 별의 이름을 붙인다면 아마 '독창성' 또는 '개성'이지 않을까.

그렇다면, 남들과 구별되는 반짝이는 내 모습을 찾고 싶다면 모두가 같은 방향을 바라보고 있는 상태에 만족하지 않고 조금 다른 곳, 조금 더 멀리 있는 곳을 보고, 조금 다른 시선으로 세상을 바라보는 관점을 연습해야 하지 않을까.

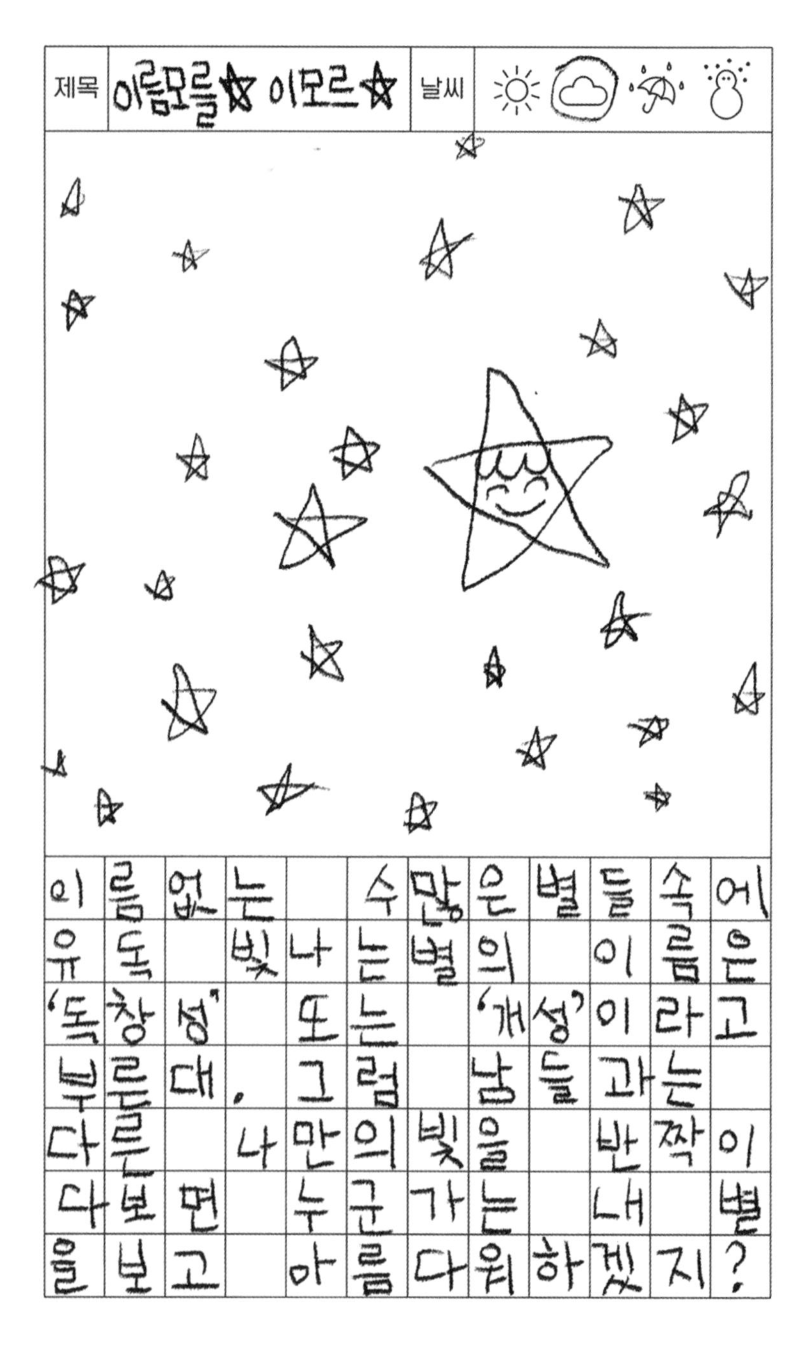
제목
이름모를☆ 이모르☆
날씨
이름없는 수많은별들속에
유독 빛나는별의 이름은
'독창성' 또는 '개성'이라고
부른대. 그럼 남들과는
다른 나만의빛을 반짝이
다보면 누군가는 내 별
을보고 아름다워하겠지?

뿌리 깊은 나무

《지혜자의 노래》라는 책에는 이런 구절이 나온다.

생각이라고 해서
다 같은 생각이 아닙니다.
많이 생각하는 것과
깊이 생각하는 것은 다릅니다.
생각이 많으면 번민하기 쉽습니다.
깊이 생각한다는 것은 성찰을 의미합니다.

나 자신에 관해 깊이 생각하는 것은 나무의 뿌리를 깊이 내리는 일과 같다. 그것은 내가 스스로 원하는 바를 확실히 아는 것이다. 그래야만 현실이라는 풍파 속에서 우리는 흔들리지 않고 자신을 버텨낼 수 있다. 다시 말해 뿌리가 깊다는 건 중심이 그만큼 단단하게 잡혀 있음을 의미한다. 뿌리가 깊은 사람은 쉽게 좌절하지 않는다.

10대엔 말할 것도 없고, 20대 시절의 나는 유약했다. 감정적으로 잘 흔들렸는데, 말하자면 아주 깃털처럼 흩날리는 수준이었다. 타인의 말과 행동에 너무 쉽게 좌절하고 무너졌다. 겉으론 헤픈 웃음을 지으며 말이다. 나를 성장시키기 위해서도, 우울증이니 경계선 인격 장애니 하는 정신과적 문제를 해결하기 위해서도, 나에게 필요한 건 단단한 마음이었다. 그래서 나 자신에게 집중하는 일에 에너지를 쏟았다. 마음의 뿌리를 깊이 내리기 위해서.

더 이상 항우울제를 복용하지 않아도 될 정도로 뿌리는 깊숙이 뻗어 내려갔다. 이제는 단단해졌다는 자신감이 생길 무렵 의외의 말을 들었다. 내가 너무 '자기중심적'이라는 것이다. 처음 이 말을 들었을 땐 사람은 때때로 자기중심적일 필요도 있다고 반박했다. 지난날 나는 너무 타인을 의식하고 살았기 때문이다. 그래서 기분이 썩 나쁘지는 않았다. 내가 좀 더 단단해졌다는 사실을 확인받는 느낌이었으니까.

하지만 그것은 완전히 나만의 착각이었다.

"아니, 그러니까 너는 항상 너 말이 옳다고 여기는 경향이 있는 것 같아."

“내가 나 스스로 옳다고 여기는 게 나쁜 일인가?”

“그게 너무 지나치다고. 내가 무슨 말을 하든, 너는 왠지 내 생각과 말은 틀린 것 같은 느낌이 들게 한다고 해야 하나? 그러다 보니 너한테는 어떤 말도 하고 싶지 않을 때가 있어.”

그리고 이어진 친구의 한마디.

“네가 생각하는 너 자신, 네가 생각하는 세상이 전부는 아니야.”

뿌리는 단단해졌을지도 모른다. 하지만 뿌리내리는 일에 심취해 다른 사람을 미처 살피지 못했던 것은 아닐까. 나에 대해 고민하는 만큼 타인에 대해 고민하고 있었을까. 뿌리를 깊이 내리느라 정신이 없어 나에 관한 생각에만 꽁꽁 묶여 있었던 건 아닐까. 이 모습은 마치 뿌리만 단단히 내려놓고 열매는 커녕 제대로 된 잎사귀도 피우지 못하는 나무 같았다.

나무가 나무다울 때는 가지가 풍성하게 뻗어 있고 계절에 따라 잎이 피고 지며 열매를 맺을 때다. 뿌리만 단단하고 나무통이 잘려 있다면? 나무답다고 할 수 있을까?

사람도 이와 비슷하다. 자신만의 견고한 뿌리를 갖추되, 동시에 다양한 사람들과 경험을 공유하며 살아가야 한다. 여러 가지 관점을 수용할 수 있는 넓은 마음은 가지를 뻗고 잎을 피우고 열매를 맺게 한다. 그제야 비로소 ‘사람다운 사람’이 되는 것이다.

나무의 뿌리를 깊게 내리는 것만큼 가지를 넓게 펼치는 것도 중요하다.

자신의 뿌리를 깊게 내리는 것만큼 마음을 넓게 펼치는 것도 중요하다.

제목	장래희망	날씨	

뿌리X 가지O
= 남들에게 휘둘림

뿌리O 가지X
= 나밖에모름

뿌리X 가지X
= 무덤

뿌리O 가지O
= 사람다움

뿌리를 깊게 내려서 나를 단단하게 다지고, 가지를 넓게 뻗쳐서 다양한 생각과 사람들을 수용할줄 알고 그러다 열매가 맺히면 필요한 사람들에게 나눠주는 나무가 되고싶다!

DAY 4.

오늘은 나를 다스리는 법을 깨달았다,

참 즐거웠다!

주입식 교육 말고 주입식 위로

"나는 네 편이야."

힘들 때면 이런 말을 해주는 친구가 있었다. 고맙긴 했지만 당시에는 사람에 대한 믿음이 그리 크지 않았다. 내 편이라고 하던 사람들도 언젠가 적이 되거나 떠나갔으니까. 친구의 말을 마냥 신뢰할 순 없었다. 하지만 친구는 말버릇처럼 얘기했다. 내가 어떤 일로 우울한 얘기를 할 때마다 "그래도 내가 네 편이 되어주잖아."와 같은 말을 반복적으로 '주입'시켰다.

여담이지만 나는 주입식 교육에 비판적이다. 머릿속에 정답만을 쑤셔 넣는 교육 방식은 자유롭게 생각할 여유를 주지 않는다. 생각하고 문제를 해결하는 능력을 가르치기보다는 단순히 외워서 시험 점수를 얻는 법에 초점을 맞춘다. 이러한 접근법은 깊이 있는 학습과 창의적인 사고를 제한한다. 그러나 정작 나는 중고생 시절에 공부는커녕 그림만 그렸으니 실질적인 주입식 교육을 경험해보진 못했다. 또 다른 주입식 경험을 해봤을 뿐.

"극단적으로 생각하지 마세요."

정신과 진료 때마다 의사 선생님이 말했다. 오랜 기간 너무나 많은 얘기를 주고받았다. 그러다 보니 상담이나 조언이라고 느껴질 만한 새로운 피드백이 없었다. 대신 선생님은 반복적으로 말했다.

"극단적으로 생각하지 않는 게 중요해요."

나는 속으로 툴툴댔다.

'아니, 그게 어디 쉬운 일인가? 그게 안 되니까 내가 환자인 거잖아.'

상담을 받을 때마다 의사 선생님은 주입식 처방을 내렸다. 극단적으로 치닫지 말고, 중용을 잃지 말고, 한쪽으로 치우치지 말고……. 그게 말처럼 쉽지 않은 날들이었다. 너무나 우울하고 죽고 싶었다. 술에 취하면 감정은 더욱 극단으로 치솟았다. 자해를 끊었다고 생각했는데, 정말 딱 한 번만 더 자해를 하고 싶었다.

'극단적으로 생각하지 마세요.'

10여 년이 넘도록 하도 많이 들어서 머리에 주입이 된 걸까? 순간, 머릿속에 의사의 목소리가 들려왔다. 그러고는 감정과 행동에 브레이크가 걸렸다. 들을 때는 별 감흥을 느끼지 못했던 그 말이 결국 나의 평정심과 객관성을 유지하는 데 도움이 되었다.

나는 네 편이라며 계속 위로해주던 친구의 말도 마찬가지였다. 처음엔 실질적인 도움이 되기보다 그냥 뻔한 말로 느껴졌다. 어느 날 가까운 지인과 멀어졌고 복잡한 마음에 그 친구에게 연락해 술자리를 가졌다. 친구는 그 지인과도 친분이 있었다. 멀어지게 된 이유에 대해서 친구는 양측의 입장을 다 알고 있었다. 그러나 술자리에서 친구는 멀어지게 된 것이 누구 때문인지 잘잘못을 따지지 않았다. 그저 친구는 담담하게 말했다.

"그래도 난 네 편이야."

설령 내 앞에서만 이렇게 말하고 멀어진 그 지인을 만나서는 그의 편을 들어준다고 할지언정 중요한 건 그게 아니었다. 그때 그 친구가 해준 말 한마디는 내가 혼자가 아니라는 안도감을 느끼게 해주었다. 너무나 고마웠다.

종종 외롭고 울적해질 때면 그날의 기억이 떠오른다. 물론 매번 그 친구가 생각나는 건 아니지만, 상황에 따라서 친구의 말 한마디가 유독 선명하게 들릴 때가 있다. 당장 내 앞에 그 친구가 있는 게 아니어도 친구가 해준 말 덕분에 그래도 내 편이 있다는 안도감이 든다. 그러면 울적한 감정도 누그러지곤 한다.

누군가의 반복되는 메시지가 때론 진부하게 느껴질 때도 있다. 그러나 이런 반복적인 말들이 어느 순간, 그 말이 너무나도 절실했던 순간에 나를 위한 안전벨트가 되어주었다. 감정이 극단으로 치달을 때, 나를 좌절시키는 상황에서 그 말들이 내 마음을 다잡아주고, 희망을 되새기게끔 한다. 누군가를 돕기 위해서 마음이 담긴 말을 반복하는 것, 나는 이것을 '주입식 위로'라고 부르기로 했다.

제목	시험보던 날	날씨	

충동적으로 안좋은 생각이 들때는? ~~2번~~ 4번

① 또 다른 안좋은 생각으로 덮는다.
② 안좋은 생각보다 안좋은 실천이 중요하다.
③ 어차피 세상엔 좋은것 따윈 없을거라 믿는다.
④ 극단적으로 생각하지 않는다.

-가까운 사람과 멀어졌을때, 기분이 나아지기 위해선?

4번

① 멀어지게 만든 나자신을 열렬히 원망한다.
② 안좋은 행동을 하며 스트레스를 해소한다.
③ 어차피 나같은 사람은 아무도 좋아해주지 않을거라 믿는다.
④ 내주변에 나를 지지하고 내편을 들어주던 사람을 떠올려본다.

공부를 전혀 안해서 시험지를 받자마자 너무나도 어렵게 느껴졌다. 근데! 신기하게도 정답을 전부 맞췄다!! 달달 외우면서 공부한것도 아닌데. 어떻게 내가 다 맞춘거지?!

한없이 가라앉더라도 바닥은 있지

아무것도 하기 싫은 날이야. 온몸에 힘이 들어가지 않는 날. 아침에 눈을 떴어. 그런데 왜? 왜? 몸을 일으켜 세울 힘조차 없지? 자는 동안 누군가가 나한테 전신 마취제를 넣은 게 아닐까 하는 귀여운 몽상도 잠시. 오늘 하루는 뭘 하면서 시간을 보낼지 막막하네. 답답해. 무기력하다.

만약 시간을 이동할 수 있다면, 급한 불이라도 끄듯이 24시간 뒤로 이동하고 싶다. 내일의 나는 달라지지 않을까? 활기찬 아침을 맞이할 수 있지 않을까? 내일은 내일의 태양이 뜰 테니까! 잠깐, 근데 지금 창문 밖에도 태양은 떠 있는데? 사실 저 태양이나 내일 뜨는 태양이나 같은 애잖아. 맞네, 맞아. 내일이 와도 다를 게 없겠네. 요즘 매일같이 무기력한 아침을 맞이했으니까. 오늘도 내일도 모레도 뭐 다를 게 없겠네, 젠장.

투정 좀 부리고 싶다. 아침에 눈 떠지는 게 너무너무 싫다고. 매번 잠들 때마다 고역이거든. 빌어먹을 불면증 때문에. 진짜 너무너무너무 힘들게 잠이 들었는데 이렇게 너무 쉽게 눈이 떠지니까 솔직히 너무 억울하다고. 깨어 있는 내내 들었던 부정적인 생각과 감정에서 겨우 해방됐는데, 얼마 누리지도 못하고 다시 눈을 뜨고 마주하라고? 싫지, 싫어. 특히 요즘같이 우울하고 무기력한 시기엔 더더욱 끔찍하지.

내가 너무 나약하다고? 무기력에서 벗어나기 위해 뭐라도 하라고? 나 참, 뭘 안 하는 게 아니야. 뭘 못 하는 거지. 이러니 투정 부리지도 못한다니까. 매번 의지력이 없다느니 뭐니 하는 소리나 들으니. 근데 말이지. 의지력에서 '력'은 힘을 뜻하는데, 그러니깐 의지를 발휘하려면 힘이 있어야 할 거 아냐. 그 힘 자체가 완전히 바닥나버린 상태라면 어쩔 건데? 만약 의지가 10킬로그램의 아령이라 쳐. 누군가는 쉽게 들겠지만 힘없는 노인이나 아이에겐 버거울 수 있잖아. 그렇다고 그들에게 힘없다고 뭐라 하진 않잖아.

물론 실제 10킬로그램 아령쯤이야 들 수 있지. 설령 그 이상의 무게라도 운동을 하다 보면 들어 올릴 수 있다는 점도 알지. 의지를 발휘하려는 힘조차도 연습하다 보면 길러지겠지. 알아, 나도 안다니까. 근데 사실, 알아서 더 스트레스야. 왜냐면 알고 있는데도 아무것도 못 해서. 차라리 아무것도 모른 채로 무기력하면 우울하기만 할 텐데, 어떻게 해야 할지 아는데도 무기력하니까 나 자신이 너무 부끄러워. 알면서도 못 하는 바보 등신 머저리 같아서.

10여 년 전 무기력한 상태에서 빠져나오기 힘들었을 때 기력을 다해 쓴 일기다. 요즘도 가끔 무기력할 때가 있다. 그때와는 조금 다른 계기로. 당시에는 인간관계, 자아실현, 주변 환경 등 다양한 조건에 영향을 받아 무기력했다. 현재는 일종의 번아웃처럼 무기력 상태에 빠진다. 참 신기한 세상인 게 내가 무기력해지면, 무기력한 사람을 위한 영상들을 유튜브에서 보여준다. (알고리즘 너는 대체…….)

유튜브뿐만 아니라 각종 SNS에 무기력에서 벗어나는 방법 다섯 가지, 10분 만에 무기력을 끊어내는 방법 등등 수많은 방법들이 공유되고 있다. 별 볼 일 없는 내용도 많지만 심리적, 의학적, 과학적 측면에서 유용한 내용도 많다. 분명 좋은 이야기고 도움이 되는 이야기다. 그러나 이러한 방법들을 안다고 해도 그 방법대로 실천할 수 없는 상태가 무기력증이다.

예나 지금이나 무기력증에 한번 빠지면 단번에 벗어나기 어렵다는 사실을 체감하고 있다. 이미 배는 침몰하고 있고, 절반 넘게 가라앉은 상황에서 무슨 방법으로 배를 들어 올릴 것인가. 무기력이나 우울이나, 흔히 부정적인 감정이라 여기는 상태에 빠져드는 과정은 대부분 비슷하다. 물속으로 한없이 가라앉는 것. 게다가 물속이라 숨도 제대로 쉴 수 없으니 고통스럽다. 그 상황에서 물 밖에 있는 사람들이 외치는 대로, 그 현명하다는 방법대로 몸을 움직인다는 건 무척이나 힘에 부치는 일이다. 물론 누군가의 외침이 좋은 답, 필요한 답일 수 있다. 그러나 물속에 여러 번 빠져보고, 그것도 깊이 빠져보니 또 하나의 답도 있다는 사실을 알게 됐다.

어떤 물속이든 발 디딜 바닥은 있다는 것. 설령 그 깊이가 가늠이 되지 않는 심해에도 바닥은 있다. 그렇기에 한없이 가라앉더라도 바닥을 만나면 그 바닥을 발로 차고 물 밖으로 올라오는 동력을 얻을 수 있다. 다시 말해 무기력할 땐 한없이 무기력해지는 것도 하나의 답이 될 수 있다는 소리다.

무기력과 같은 부정적인 감정에 대처하는 방법들을 보면 대부분 어떻게 해라, 저렇게 해라 한다. 그러나 어떻게도 저렇게도 하려고 하지 않는 방법도 종종 꽤 도움이 된다. 무기력에 빠진 스스로에게도, 또는 무기력에 빠진 누군가를 대할 때도.

물론 무기력과 게으름은 구분 지을 필요가 있다. 게으름은 나태한 자신의 모습이 아무렇지 않고 불편하지 않은 상태다. 반면 무기력은 나태한 자신의 모습이 싫고 벗어나고 싶어도, 그게 마음처럼 되지 않아서 스스로를 비관하는 상태다. 많은 사람이 무기력과 게으름을 혼용한다. 또한 무기력한 사람과 게으른 사람을 비슷하게 치부한다. 겉만 보면 비슷해 보일 수는 있다. 무기력증이 지속되면 게으르고 나태해지기도 하니까. 그러나 무기력은 게으름을 감싸고 있는 좀 더 커다랗고 복합적인 감정이다. 그렇기에 아무것도 하고 싶지 않을 때, 그 상태가 게으름인지 무기력인지 스스로의 마음을 돌아보는 일은 분명 필요하다.

아무것도 하고 싶어 하지 않는 누군가를 대할 때도 마찬가지다. 그 사람의 감정 이면을 들여다보려는 노력이 필요하다. 그러나 대부분의 사람이 오지랖만 있고 누군가를 가르치길 좋아한다. 상대방의 상태에 대해 아무런 고민도 하지 않고서, 그저 핀잔을 주고 지나치게 채근하려 든다. 그 상대가 단순히 게으른 게 아니라 정말로 무기력에 빠진 사람이라면 절망감만 증폭될 것이다. 설령 좋은 의도로 어디서 주워들은 '무기력해지지 않는 확실한 방법'을 알려주었다 한들, 상대방에겐 무기력에서 벗어나는 방법이 될 수 없다. 어쩌면 '자기혐오감을 심어줄 수 있는 확실한 방법'이 될 것이다.

제목	바보멍충이들	날씨	☀ ☁ ☂ ☃

무기력하게 있지말고 수영을 해

왼손! 오른손! 호흡해

쯧쯧 저러니깐 물에 빠지지

몸에 힘을빼 아..답답해!

왜 비명만 지르는거야?

물에 빠졌다. 사람들이 소리쳤다. 하지만 알려주는대로 몸이 안움직였다 근데! 내가 물에 빠졌는데 왜 아무도 뛰어들지 않고 말로만 떠드냐고! 인간들은 역시 우매해!

복권을 팔아주셔서 감사합니다

거리를 다니다 복권 판매점이 보이면 가끔씩 복권을 산다. 전날에 왠지 모를 좋은 꿈을 꿨다거나, 그게 아니더라도 순간 즉흥적인 마음에 사기도 한다. 복권을 사는 행위에는 일확천금을 향한 욕망이 기저에 깔려 있다. 복권 당첨은 확률적으로 비현실에 가깝다. 누구나 현실이 버거울수록 비현실적인 행운에 기댄다. 현재 내가 빚더미에 앉아 있거나, 경제적으로 어려운 상황이라면 일확천금을 바라는 마음은 더욱 간절해질 것이다. 그러나 내가 가끔 복권을 사는 이유는, 당첨되리라는 기대는 한 티스푼 정도일 뿐 온전히 재미를 위해서다. 복권 사는 사람이 대체로 나와 비슷한 마음이겠지만.

복권은 순간의 '상상력'을 사는 일이다. 일시적으로나마 즐거운 상상을 할 수 있게끔 상상력의 에너지를 충전하는 행위다. 복권을 사는 날에 우리는 상상한다.

'당첨되면 뭘 할까?'

자연스레 행복한 기분에 잠긴다. 추첨하는 날 괜스레 설레는 마음도 상상력에서 시작된다. 물론 복권을 사는 일을 두고 희망을 사는 것, 행복을 사는 것, 도파민을 사는 것과 같다고 표현할 수도 있다. 그럼에도 나는 '상상력을 사는 행위'라고 규정하고 싶다. 그리고 기분 좋은 상상을 만들어내는 힘이야말로 살아가는 데 가장 필요한 능력이 아닌가 싶다.

괴롭힘에 시달리면서도 학창 시절을 버틸 수 있었던 것은 상상력 덕분이었다. 졸업 후에 학교라는 울타리를 벗어나 그들과 절대 마주할 일 없는 미래를 마음속에 그리고 또 그렸다. 상상 속 나는 시달림에서 벗어나 너무나도 자유로웠다. 복권 당첨을 상상하듯이, 졸업 후를 상상하는 것만으로도 기분이 한결 나아졌다. 지옥 같은 나날을 버티기 위해 매일같이 홀가분한 미래를 꿈꾸며 상상 근력을 키워나갔고, 그렇게 무사히 졸업할 수 있었다.

"경계선 인격 장애 유형은 감정 기복이 심하고, 상황을 극단적으로 해석합니다. 종종 자해를 하기도 하고요."

20대가 되어 정신과에 처음 갔을 때 우울증과 경계선 인격 장애를 진단받았다. 정신과적 증상들을 개선하기 위해선 약물 치료와 상담 치료를 병행해야 했다. 개인의 의지도 중요하다고 했다.

하지만 나는 그 누구보다 의지박약한 사람이었다. 그럼에도 감정이 요동치는 순간에 삶을 부여잡을 수 있었던 건, 나의 의지력이 아닌 상상력 덕분이었다. 눈앞에 펼쳐진 암담한 현실이 전혀 나아지지 않고, 스스로를 비관하며 절망에 사로잡혀 있는 그야말로 최악의 상황이었지만 나는 언제나 일말의 가능성과 일말의 희망과 일말의 기대를 품고 있었다. 가능성, 희망, 기대 또한 상상력에서 출발했다.

누군가는 '기분 좋은 상상 하는 게 뭐 그리 어렵냐?'라거나 '상상력이 대수야?'라고 반문할 수 있다. 사람마다 부정적인 상황에 대처하는 요령과 성향이 다를 테니까. 그러나 우울한 성향을 지닌 사람, 특히 나처럼 성장 과정에서 좋지 못한 환경과 비극적인 상황을 경험한 사람들일수록 비관적 사고에 익숙하다. 그렇다, 나는 비관적 사고에 익숙하다. 기분 나쁜 상상은 누구보다 쉽게 할 수 있다. 며칠, 몇 달을 기분 나쁜 상상만 하며 보낼 수도 있다. 그걸 다 받아 적으라고 하면 끝도 없이 써 내려갈 수 있다.

그만큼 기분 나쁜 상상을 하는 데에는 별다른 에너지와 노력을 들이지 않아도 된다. 반면 기분 좋은 상상을 하기 위해선 엄청난 상상'력'이 동원되어야 한다. 쉽게 할 수 없는 일에는 언제나 힘이 뒷받침되어야 하는 법이다. 쉽게 들어 올릴 수 없는 무게를 들기 위해 근력을 써야 하는 것처럼.

유난 떠는 것처럼 보여도 재미로 복권을 산다는 건 나에겐 굉장히 가치 있는 일이다. 일상이 버거워지고 삶이 무의미해지고 또다시 비관적인 생각에 사로잡힐 때, 복권 한 장은 그 어떠한 가능성도 상상할 수 있게끔 상상력을 자극한다. 국가에서 복권을 팔아줘서 감사할 따름이다.

물론 이렇게 말하면 무슨 복권 예찬론자처럼 비칠 것 같아서 첨언하자면, 복권 사기 외에도 좋아하는 영화감독의 신작 영화를 예매하고 상영관에 들어가기 전에 설렘을 느낀다든지, 추운 겨울에 다가올 봄을 기다리면서 무작정 놀러 갈 곳을 미리 계획해보는 것도 좋다. 나만의 맛집을 발견했을 때는 친한 사람을 데려와 함께 음식을 먹으면서 대화를 나누는 상상을 해봐도 좋고, 택배를 기다리는 동안 빨리 뜯어보고 싶은 마음에 잔뜩 들뜨는 것도 좋다. 반복되는 일상을 환기해주는 소소한 행복에 감사함을 느낀다. 그 덕에 기분 좋은 상상을 할 수 있으니까. 그 덕에 지금 내가 잘 살든 못 살든 간에 어떻게든 살아내고 있으니까.

제목	복권 당첨!!	날씨	☀ ☁ ☂ ☃

멀어진 친구에게 전화를 걸었다. 날 잊지 않았을까? 두근거리는 마음으로 복권당첨 여부를 기다렸는데. 헉! 친구가 전화를 받았다! 그리고 엄청나게 반갑게 나를 맞이해줬다!

시작은 동심이다

생각이 너무 많으면 아무것도 할 수가 없다. 그림을 그릴 때도 머릿속으로 무엇을 그릴지 완벽하게 구상하려다 보니 정작 표현해야 할 때 주저하게 된다. 완벽하게 구상하는 일도 시간이 걸리지만, 완벽하게 구상한 것을 다시 완벽하게 표현하는 작업도 꽤 어려운 일이기 때문이다.

"생각을 너무 많이 하지 말고, 일단 손 가는 대로 자유롭게 그려봐요."

종이를 앞에 두고 뭘 그릴까 망설이는 사람들에게 나는 말한다. 생각 없이 표현을 이리저리 하다 보면 표현 방식에도 어느 정도 나만의 질서가 생긴다. 조금 더 나아가 표현을 많이 할수록 노련함이 생기고, 그것이 자신만의 개성, 그림 스타일로 발전될 수 있다.

조금 다른 얘길 하자면, 우리나라 사람들은 영어 공부를 많이 하지만 정작 회화는 어려워한다. 말을 내뱉기 전에 머릿속으로 문법을 지나치게 고민하기 때문이다. 문법이 맞고 틀린지 걱정해서 그렇다. 그래서 회화 강사들은 문법은 신경 쓰지 말고 아무 단어나 내뱉는 연습을 해보라고 한다. 문법적으로 완벽하지 않은 문장이라도 일단 영어로 표현하는 데 두려움이 없어야 회화 실력이 늘기 때문이다. 영어로 말하기와 듣기를 반복하다 보면 자연스레 필요한 언어 구조를 익혀나갈 수 있다고 한다.

어떤 아이디어를 실천하는 일에도 같은 원리가 적용된다. 실행력이 부족한 사람들의 특징 중 하나가 실행하기 전에 이런저런 생각을 너무 골똘히 한다는 점이다. 생각이 완벽하게 정리되지 않으면 불안해하거나 실행도 하기 전에 실패를 걱정하면 정말이지 아무것도 할 수 없게 된다. 그래서 실행력의 관건은 생각은 간결하게, 실행은 빠르게 하는 것이다. 물론 모든 실천이 성공적일 순 없다. 그럼에도 과감히 실천하고 문제를 직면하고 다시 고쳐서 실행하는 과정을 반복해야만 성장을 이루어낼 수 있다.

그림도 마찬가지다.

나는 성인들에게 그림을 가르치지만, 때때로 어린아이들과 그림을 같이 그릴 때가 있다. 아이들에게서 가장 눈에 띄는 특징은 그림을 그릴 때 겁을 내지 않는다는 점이다. 반면에 성인들은 그림을 그리다가도 멋지게 완성하지 못할 것 같으면 쉽게 포기한다. 성인들은 결과물을 지나치게 신경 쓰지만, 아이들은 결과물에 크게 연연하지 않는다. 그림에 빠져들어 그리는 아이들을 보면, 그들에게 잘 그리고 못 그리고는 중요하지 않은 듯하다. 이렇게도 그려보고 저렇게도 그려보면서 자신이 만들어가는 그림 속 세상의 자유로움에 흠뻑 빠져 있을 뿐이다.

물론 그랬던 아이들도 한 살 두 살 나이를 먹으면서 조금씩 변해가기 마련이다. 누군가의 칭찬을 받고 싶은 마음에, 누구보다 잘 그렸다는 소리를 듣고 싶은 마음에 타인의 눈치를 보게 된다. 그림 실력으로 성적을 매기는 청소년기엔 더더욱 그렇다. 대담하게 그리던 아이들도 점점 더 소극적으로 변하곤 한다. 결과물을 평가받는 상황에 대한 부담감이 커서 그림을 그리기 전에 오랫동안 망설이는 것이다.

우리 모두는 나이가 들수록 무언가를 시도하기 전에 타인의 시선을 의식하고, 지나친 생각과 걱정으로 어렸을 적 즐겼던 표현의 자유를 조금씩 잃어간다. 어찌 보면 참으로 씁쓸한 일이다.

"모든 어린아이는 예술가다. 다만 문제는 그들이 성장하면서도 여전히 예술가로 남아 있는가 하는 것이다."

천재 화가 피카소의 말이다.

이것저것 다 하던 아이는 점점 이것저것 따지기 시작한다. 문법을 고민하다 아무 말 못 하기도 하고, 떠오르는 아이디어를 시도해보지 못한 채 포기하기도 한다. 종이를 앞에 두고 망설이는 시간이 점점 길어진다. 그러다 보면 어느새 그 무엇도 시작하기 두려워하는 어른이 되어버린다.

삶은 동심에서 시작되었다. 그리고 어쩔 수 없이 어른이 되어버린 우리는 다시 무언가를 시작해야 하는 상황에 놓이게 된다. 그때 필요한 것은, 다시 동심으로 돌아가는 일이지 않을까. 자유롭고 거침없던 어린 시절로.

제목 막쓴시
날씨
"그리고 싶은 삶을 그려보세요"
하도 막막해서
진짜 막하니깐
어떤 막연함이
왠지 막힘없이
뭔가 막되더라
막! 잘했어요

이 호수에 돌을 던지면 안 됩니다

잔잔한 호수에 돌을 던진다. 파동이 일어나고 물결이 일렁거린다. 흔들림도 잠시, 물결은 곧 가라앉아 잠잠해진다.

평온했던 내 마음에 누군가 돌을 던진다. 상처받은 내 마음은 심하게 일렁거린다. 요동치는 마음도 잠시, 시간이 지나면 다시 고요해진다는 사실을 나는 알고 있다. 이내 평정심을 되찾는다.

하지만 평온함이 찾아오기도 전에 또 누군가 내 마음에 돌을 던진다. 상처받은 마음은 극심하게 일렁거린다. 또 누군가 돌을 던지고 내 마음은 더욱 극심하게 일렁거린다. 또 누군가 돌을 던진다. 이번에는 더더욱 세게 던졌고, 일렁거리는 내 마음은 걷잡을 수 없을 정도로 출렁거린다.

또 누군가 돌을 던지고, 일렁거리고, 또 누군가 돌을 던지고,

일렁거리고, 마음이 너무나 일렁거려 이제는 멀미가 난다. 현기증이 난다. 너무나 괴롭다. 그러나 시간이 지나면 다시 고요해진다는 사실을 나는 알고 있다. 나는 분명 알고 있다.

이내 평정심을 찾아갈 때쯤, 또 누군가 돌을 던진다. 그제야 나는 외친다.

'시X!! 텀은 주고 돌 던져라, 개XX들아!!'

나는 마음속으로만 외친다.

헤픈 웃음 증후군을 앓고 있는 나는 웃으며 정중히 말하는 법을 배워나간다. 그리고 몇 가지 문장을 메모장에 적는다.

- 싫어
- 나 기분 안 좋아
- 그렇게 말하지 말아줄래
- 거절할게
- 나 좀 가만히 내버려둬

이 외에도 나를 일렁거리게 하는 상황에서 대응할 수 있는 말들을 준비한다. 그런 상황이 닥쳤을 때 곧바로 쓸 수 있도록. 혼잣말로 중얼거린다. 마치 영어 회화를 연습하는 사람처럼. 이미지 트레이닝을 반복한다. 할 말은 하는 내 모습. 거절하거나 잘 끊어내는 내 모습. 마음에 상처를 주지 못하도록 저지하는 내 모습 등을 머릿속에 그린다. 어렸을 때부터 종이에 그림을 그려왔으니, 머릿속에 그림을 그리는 것도 자신 있다.

마침내 성취를 이루어낸다. 신기하다. 이전보다 돌 던지는 사람이 확연히 줄어들었다. 무심코 돌을 던지는 사람에게도, 무턱대고 세게 돌을 던지는 사람에게도 나는 분명하게 경고한다. 그러고 나면 더 이상 돌을 던지지 않는다. 던지더라도 물수제비 정도랄까?

이러한 의사 표현은 헤픈 웃음 증후군이 있는 사람에겐 효과가 배가된다. 웃으면서 말하는 게 더 무섭단다. 어쨌든 오랜 기간 연습으로 터득한 건지, 나이가 들어 성격이 변한 건지, 둘 다인지도 모른다. 그럼에도 한 가지는 확실하다.

타인에게 상처받은 마음을 달래려면, 스스로 위로하는 것만으로는 부족하다. 나를 다독이고, 타인에게 분명한 경계를 그을 줄도 아는 것이 단단한 마음이다. 단단한 마음이 있어야 평온한 마음이 유지된다.

평온했던 내 마음에 누군가 돌을 들어 던지려 한다.

"좋은 말 할 때 돌 던지지 마라."

제목 시 쓰기

날씨

내 마음은 호수요

그대 노 저어 오오 - 김동명 시인

No. DON'T THROW STONES

- 이모르 시인

내 마음은 호수고.

넌 돌 던지면 죽는다.

안목이 좋다고 나쁜 결말을 피해 갈 순 없어

흔히들 말한다. 사람을 많이 만나보는 게 좋다고. 그게 친구든 연인이든 비즈니스 관계든 다양한 사람을 만나보라고. 그 과정에서 좋은 사람은 당연히 곁에 두고, 혹여 안 좋은 사람을 만나더라도 그것 또한 좋은 경험이 된다고 말한다. 경험을 통해 사람을 보는 안목을 기를 수 있다는 얘기다.

그렇다면 과연 안 좋은 사람을 많이 만나면 안 좋은 사람을 걸러내는 눈이 생길까? 새로운 사람을 만나면 이 사람이 좋은 사람인지 안 좋은 사람인지 분별하는 직감이 발달할까? 글쎄다. 지난날 나의 경험에 비추어봤을 때 사람을 많이 만나면 사람 보는 안목을 기를 수 있다는 말은 그다지 현실감이 없어 보인다.

지금껏 숱하게 사람들을 만나왔다. 현재도 내가 하는 일의 특성상 끊임없이 새로운 사람을 만나게 된다. 자연스레 수많은 인간관계를 쌓으면서 여러 인간 부류를 알아갈 수 있었다. 그중에는 안 좋은 사람들도 많았고, 지나치게 이기적이고 악랄한 사람들도 있었다. 당연히 상처도 수없이 받았다. 너무나 아프고 힘들고 괴롭고 좌절하고. 왜 하필 이런 사람을 만나서 내가 이렇게 고생하나 싶기도 하고. 그 사람을 원망하고 나를 자책하고. 동시에 마음 한편에는 '그래, 이것도 경험이다. 앞으론 이런 사람 안 만날 수 있겠지.'라며 경험을 통해 한 단계 성장할 것이라고 나를 다독였다. 안 좋은 사람을 처음부터 걸러낼 수 있는 안목이 생길 것이라고 믿었다.

하지만 인간의 욕심은 끝이 없고, 같은 실수를 반복한다는 말처럼 나는 끊임없이 인간관계의 악순환을 경험했다. 처음엔 당연히 좋은 사람인 줄 알고 만났지만, 지나고 보니 예상과는 다르게 나에게 해가 되는 사람인 경우엔 특히 곤혹스러웠다. 일단 맺어진 관계라 안 좋은 사람이라는 걸 알면서도 단칼에 끊어내기가 어려웠다. 정 때문이었는지, 내가 마음이 여려서였는지, 아니면 이 사람이 나중에는 좋은 사람으로 변모할 수도 있을 거라는 혹시나 하는 기대 때문이었는지 모르겠지만.

이뿐이랴. 주변 여자들에게 이상형을 물어보면 '나쁜 남자'

에게 끌린다는 얘기를 종종 듣는다. 마찬가지로 나 역시 '나쁜 여자'에게 홀리곤 했다. 안 좋은 사람인 걸 알면서도, 만나면 내가 힘들어질 것을 알면서도 이성적인 판단은 뒤로한 채 콩깍지가 씌어서 간절히 연인이 되기를 자처하곤 했다. 그리고 머지않아 나쁜 여자에게 된통 당하고서 앞으론 무조건 착한 사람만 만나야지 속으로 다짐하지만, 또 어느 순간 나도 모르게 또 다른 나쁜 여자에게 홀려버리는 악순환이 반복됐다.

물론 좋은 사람인지 안 좋은 사람인지 구별하는 기준은 지극히 주관적이다. 내가 안 좋은 사람이라 여겼던 사람이 누군가에게는 좋은 사람일 수 있다. 나 역시, 나 스스로 좋은 사람이라고 생각해도 누군가에게는 안 좋은 사람일 수 있다. 중요한 건 나와 잘 맞는 사람인지 안 맞는 사람인지다. 나아가 상처주는 행동을 끊임없이 반복하는 사람이라면 적어도 나에겐 좋지 않은 사람임이 당연한 게 아닌가.

그런 사람만은 피하고 싶고, 경계하고 싶은데 마음처럼 되지 않는다. 마치 예고편만 보고 재밌겠다고 기대하며 영화관에 갔는데, 막상 보니까 돈이 아까워 툴툴대는 꼴이랄까? 그나마 영화는 아무리 최악이어도 실망만 할 뿐이지. 기대했던 사람이 최악인 걸 알았을 때는 실망이 아닌 상처로 남으니…….

처음에는 내 안목을 탓했다. 내가 사람 보는 눈이 없어서 안 좋은 사람이 엮인 거라고 탓했다. 하지만 식견이 높은 영화 평론가도 예고편만 보고 그 영화가 수작인지 졸작인지 쉽게 판단할 수 없을 것이다. 그렇다면 사람을 한 번 보고 좋은 사람인지, 안 좋은 사람인지 판단하는 게 가능할까?

절대로 가능할 리 없다. 게다가 영화는 보다가 재미없으면 중간에 나올 수 있다. 그럼에도 영화관을 쉽게 나오지 않는 이유는 돈이 아까워서도 있지만, 혹시나 마지막은 재밌지 않을까 하는 기대감이 있기 때문이다. 끝끝내 재미없는 영화가 대부분이긴 하지만 말이다. 안 좋은 사람과 이미 맺어진 관계를 중간에 끊기 어려운 이유도 영화관에서 중간에 쉽게 나오지 못하는 이유와 비슷할지 모른다. 혹시나 마지막엔 좋은 사람일 수도 있다는 기대감. 그리고 끝끝내 안 좋은 사람들 때문에 우리는 인간관계에서 수없이 많은 슬픔과 좌절과 시련을 반복하게 된다.

그렇다고 해서 너무 자책하진 말자. 안목은 사람들이 생각하는 것만큼 믿음직한 감각은 아니다. 아무리 식견이 높은 영화 평론가도 졸작을 피해 갈 수 없다. 그리고 한 해에 개봉하는 영화 중 졸작은 수없이 많고, 수작을 발견하는 건 그저 운이다.

마찬가지로 아무리 사람 보는 안목이 좋다 한들 악연을 피해 갈 순 없다. 그러니 자신을 탓하지 말자. 좋지 못한 인연을 만났다면 그저 운이 나빴을 뿐이다.

제목
안목이 없어도
날씨
오늘 본 영화
〈지구를 지켜라〉
예고편에 또속았다. 기대
없이 봤는데 정말최고였
다! 대체 예고편은 왜그
따위로 만든거지? 다행히
이런영화도 있으니 이런
사람들도 있겠지?! 별로일
줄알았는데 굉장좋은사람!

무슨 생각을 해, 그냥 하는 거지

"규칙적으로 하셔야 해요."

두 의사는 항상 나에게 말했다. 정신과 의사는 규칙적인 약물 복용을, 치과 의사는 규칙적인 고무줄 착용을 권했다.

당시에 나는 치과를 다니며 치아 교정 중이었다. 어렸을 적부터 부정 교합으로 앞니의 위아래가 맞닿지 않아 김치나 면발을 앞니로 끊지 못했다. 대신 윗니와 아랫입술을 활용해 잘근잘근 잘라내며 먹었다. 잘 끊어지지 않는 냉면을 먹다가 죽을 뻔한 적도 있다. 그래서 냉면 먹을 땐 가위로 면을 아주 짧게 잘라서 숟가락으로 퍼서 먹기도 했다.

고르지 않은 치열은 어릴 적 또 하나의 콤플렉스였다. 부모님께 치아 교정을 하고 싶다고 졸라도 할 수 없었다. 집안이 경제적으로 어려운 시기였다. 그 시절 부의 상징이었던 치아 교정은, 어린 나에게는 꿈만 같은 일이었다. 성인이 되고도 한참 지나서야 받을 수 있었다. 일을 해서 돈을 모아 치과에 찾아간 것이다. 의사는 완전히 교정되기 위해선 2년쯤 걸린다고 했다.

교정기를 끼고 생활하는 건 참 번거로운 일이다. 일단 음식을 씹기가 불편하다. 견과류나 마른 오징어 같은 딱딱하고 질긴 음식은 꿈도 못 꾼다. 잘못 씹으면 교정 장치가 끊어지니까. 또한 내가 했던 세라믹 교정기는 카레처럼 착색을 강하게 유발하는 음식을 먹으면 누렇게 변색된다. 먹고 나서 바로 칫솔질하면 된다지만, 귀찮아서 잘 안 먹게 된다.

엄청나게 귀찮고 번거로운 일은 따로 있다. 교정 장치에 매번 고무줄을 착용하는 것이다. 윗니와 아랫니에 박힌 교정 장치에 고무줄을 걸고 있어야 한다. 고무줄의 탄성으로 치아의 이동 속도를 높이는 원리다. 그래서 고무줄을 차고 있으면 치아에 힘이 가해져 욱신욱신 아프다. 또 하나, 음식을 먹을 때는 고무줄을 빼야 한다. 다 먹으면 몇 개의 고무줄을 하나하나 다시 걸어야 한다. 혼자 먹을 때나 다른 사람이랑 먹을 때나 이 짓을 반복해야 하니 여간 귀찮은 일이 아니다.

"환자분, 이번 달에도 고무줄 잘 안 하셨죠?"

"네에……."

머쓱한 이 기분. 매달 정기 치료를 받으러 치과에 가는 날에는 항상 기가 죽었다. 무진장 말 안 듣는 어린애가 된 것 같았다. 규칙적인 고무줄 착용과 더불어 항우울제 복용도 언제나 나에게 힘든 과제였다. 그렇다면 과제를 잘 풀기 위해선 공부를 해야 하지 않을까? 마냥 어린애처럼 살 순 없을 테니까. 그때 내 나이가 서른 언저리였다.

규칙적인 행동에는 '습관'과 '루틴'이 있다. 습관은 자동화 시스템이다. 자동화 시스템으로 자리 잡힌 습관은, 그 일을 작동시키기 위해 큰마음을 먹어야 한다거나 엄청난 의지력이 들지 않는다. 손톱을 물어뜯는 습관이 있는 사람이 손톱을 물어뜯기 위해 엄청난 마음가짐을 갖지 않는 것처럼 말이다. 그림 그리는 일 또한 나에겐 습관이다. 마음가짐과 의지력이 필요치 않다. 그냥 그린다, 일상처럼.

좋은 것이든 나쁜 것이든, 습관을 형성하기 위해선 루틴을 만들어야 한다. 루틴은 수동적 시스템이다. 매번 엄청난 마음가짐과 의지력이 필요하다. 그래서 많은 사람들이 실패를 경험한다. 그림 그리는 일을 제외하면 나 역시 마찬가지다.

"환자분, 평상시에 고무줄 착용 잘 안 하시면 2년이 아니라 3, 4년 걸릴 수도 있어요."

사는 것도 번거로운데 교정 장치마저 번거로우니, 이 귀찮은 걸 도무지 오랫동안 끼고 살 자신이 없었다. 교정 치료를 받은 지 1년쯤 됐을 때여서 중간에 중단할 수도 없었다. 치료가

길면 길어질수록 그만큼 비용도 늘어난다. 치료 기간이 길어질 거라는 의사의 말은 기폭제가 되었다. 내 마음속에 빅뱅이 터지면서 더는 지체되면 안 된다는 엄청난 마음가짐이 탄생한 것이다. 그리고 규칙적인 루틴을 위해 남은 한 가지는 바로 의지력. 의지력이 부족할 땐 언제나 상상력을 끌어온다.

'지긋지긋한 교정 장치를 벗어 던지고 자유롭게 음식을 씹어대는 상상을! 고르지 못한 치열에서 벗어나 가지런한 앞니를! 자랑스럽게 드러내며 해맑게 웃고 있는 나를!'

상상력과 의지력을 고무줄로 묶었다. 물러터진 마음을 단단하게 고무줄로 묶었다. 물러터진 치아 상태를 빨리 자리 잡을 수 있게 고무줄로 묶었다. 더불어 항우울제와 식도 사이를 고무줄로 묶었다.

"영혼의 안정을 위해 하루에 두 가지 정도는 하기 싫은 일을 하는 것이 좋다고 누군가 권한 적이 있다."

프랑스의 인상주의 화가 폴 고갱의 생애를 모티브로 한 소설 《달과 6펜스》에 이런 구절이 나온다. 나도 이 말을 본받아 가장 하기 싫은 두 가지, 고무줄 착용과 항우울제 복용을 매일 같이 하려고 노력했다.

이후엔 놀랍게도 고무줄 착용과 항우울제 복용을 매일 했는지 어떤지 기억나지 않는다. 손톱을 물어뜯을 때마다 어떤 생각을 했는지 기억나지 않는 것처럼. 하고 싶은지, 하기 싫은지 구분하는 일조차 무색했다. 감정은 사라지고 행위만 남았다. 《달과 6펜스》 작가 서머싯 몸은 하기 싫은 일을 반복하다 보면 하기 싫다는 감정조차 사라지게 되는 현상을 영혼의 안정이라 표현한 것인지도 모르겠다. 어쨌든 고무줄 착용과 항우울제 복용은 안정적인 습관으로 자리 잡게 되었다. 하지만 결국 이 또한 평생의 습관이 될 순 없었다.

2년 예정이었던 교정 치료는 1년 반 만에 끝이 났고, 항우울제는 더 이상 먹을 필요가 없어졌으니 어쩌면 진짜 영혼의 안정을 찾게 된 것이다.

제목 루틴과 습관 날씨 

'생각한다. 고로 존재한다.'

-데카르트(철학자)

'생각한다. 고로 루틴이다.
생각안한다. 고로 습관이다.'

-이모르(철없는 자)

피겨여왕 김연아에게 누군가가 물었다. 무슨 생각하면서 스트레칭을 하냐고. 김연아는 답했다.
"무슨 생각을 해. 그냥 하는거지."
이야~ 습관은 이런거다!

롤러코스터 vs 회전목마

"약을 먹어서 그런지, 요즘 기분이 영 신나지 않네요."

"감정 기복을 줄이는 치료는 우울한 기분을 나아지게 하는 것 이전에, 한없이 신나는 기분을 중간선으로 떨어뜨리는 것부터 시작해요. 자연스러운 현상이에요."

"그런데 신나지 않으니 삶이 너무 재미가 없어요."

"원래 삶은 그렇게 재미있는 게 아니에요. 그렇지만 삶에는 저마다의 낭만이 있어요. 그걸 찾으셔야 해요."

한창 정신과 진료를 받던 무렵 의사 선생님과 나눴던 대화다. 정신과 약을 꼬박꼬박 먹고 난 뒤부터 감정 기복이 많이 줄어드는 것을 느꼈다. 때때로 우울한 기분은 들었지만, 감정에 깊숙이 빠져들지는 않았다. 다만 한 가지 단점이 있었다. 그건 바로, 기분이 아주 신나지도 않았다는 점이다.

약을 제대로 먹기 전에는 감정 기복이 극심한 일상을 보냈다. 기분이 좋으면 한없이 즐거웠다. 과도하게 쾌활했다. 그 기분을 잃고 싶지 않아 일부러 밤을 지새우면서까지 무언가를 끊임없이 하곤 했다. 전형적인 조증 증상이었다. 그러다 기분이 나빠지면 또 끝없이 우울해지고 무기력해졌다. 부정적인 생각이 끊임없이 꼬리에 꼬리를 무는 날에는 머릿속이 혼란스러워 정말 모든 걸 포기하고 죽고 싶다는 생각마저 들었다. 감정선을 그래프로 그리면 마치 비트코인 가격 그래프처럼 상승과 하강이 극렬히 요동치는 모양이지 않았을까?

약을 먹기 전 나의 상태는 흔히들 비유하듯 감정의 롤러코스터를 무한 탑승하는 꼴이었다. 물론 롤러코스터를 타다 보면 추락하는 순간에 두려움과 공포심이 들지만 동시에 아찔한 즐거움도 공존한다. 다 타고 나면 진이 빠지긴 해도 놀이공원에 가면 롤러코스터는 역시 빼놓을 수 없는 코스다. 어쨌든 재미는 있으니까. 감정의 롤러코스터도 마찬가지다. 힘들 땐 한없이 힘들지만, 즐거울 땐 또 한없이 즐거운 맛이 있다.

그런데 약을 제대로 챙겨 먹기 시작한 뒤부터는 예전처럼 막 즐겁진 않은 느낌이 들었다. 감정선이 오르내리긴 하지만, 그 폭이 크지 않고 너무나 잔잔했다. 마치 경사가 가파른 롤러코스터를 타는 느낌이 아니라 회전목마를 타고 있는 느낌이었달까? 무섭지도 않고 스릴도 없으니 그저 삶이 무료하게 느껴지던 시기였다.

"요즘 살 만한가 봐?"

"그럭저럭……. 왜 그렇게 보이는데?"

"아니, 한동안 힘들다는 얘기만 하다가 요즘에는 그런 얘기가 쏙 들어간 것 같아서."

"그런가? 하긴, 많이 나아지긴 했지. 평온하달까?"

"다행이네."

"넌 요즘 어떤데?"

"나? 나야 요즘 고민 많지."

나는 친구에게 고민 있냐고 물었다. 친구는 자신의 고민을 늘어놓기 시작했다. 하지만 친구가 말하는 고민이 살짝 낯설게 느껴졌다. 고민에 대한 주제가 낯선 게 아니었다. 친구가 나에게 고민거리를 털어놓는 상황 자체가 낯설었다. 이유를 생각해보았다. 한동안 이 친구랑 만나면 나의 고민만 주야장천 늘어놓느라 바빴지, 정작 친구의 이야기는 제대로 들은 적이 없었다. 친구가 요즘 어떻게 사는지, 어떤 일이 있었는지, 어떤 기분인지에 대해 나는 아무것도 알지 못했다. 물론 친구가 말을 했을 수도 있는데, 정작 내 얘기만 하느라, 내 감정에 심취해서 친구의 말이 귀에 들어오지 않았을 수도 있다. 어쨌든 내가 전혀 기억을 못 하고 있었으니…….

그런데 이날 드디어 친구의 고민거리가 귀에 쏙쏙 들어오기 시작했다. 나의 고통이 사라지니, 누군가의 말을 좀 더 집중해서 경청하게 되더라. 친구가 요즘 생각하는 일과 인간관계에 대한 고민을 빠짐없이 들었다. 비로소 내가 생각하는 바를 차근차근 조언해주며 대화가 흘러갔다. 그 친구와의 만남 이후에 다른 몇몇 친구와도 만났다. 대화의 패턴은 비슷하게 흘러갔다. 내가 하고 싶은 말에만 치우치지 않고, 상대방의 말에 귀 기울일 수 있는 여유가 생긴 것이다.

문득 내 주변에 참 좋은 친구들이 많다는 것을 느꼈다. 내가 힘든 시기를 보낼 때도 나무라지 않고, 언젠가 나아질 거라 믿으며 응원하고 기다려주는 친구들이었다. 내가 괜찮아지니 이제는 힘들어하는 친구에게 내가 위로를 건넨다. 이렇듯 서로 지지하는 관계를 맺고 있다고 생각하자 내 인간관계도 썩 나쁘지 않아 보였다. 그뿐만 아니다. 내가 처한 상황도 새롭게 다시 보였다. 힘든 시기에는 일상의 모든 점이 불만스러웠다. 그러나 내 주변에 좋은 친구들이 있다는 사실만으로도 내가 헛살지는 않았다고 여길 수 있게 되었다. 나의 재능과 커리어 등등 그동안 쌓아온 노력의 소중함과 지나온 일상에 대한 고마움도 되새길 수 있었다.

다시 말하자면, 약을 제대로 먹기 시작한 뒤부터 삶이 아주 신나지는 않는다. 감정의 롤러코스터가 아닌 회전목마를 타고 있는 기분이다. 그렇지만 한 가지 확실한 건, 롤러코스터가 짜릿하기는 하지만 타고 있으면 그 속도가 너무 빨라 주변이 눈에 들어오지 않는다는 점이다.

반대로 회전목마를 타고 있으면 주변이 선명하게 보인다. 아름다운 동화 속 이미지로 꾸며진 놀이공원의 풍경, 알록달록한 조명과 경쾌한 음악 소리, 같이 회전목마를 타는 친구의 표정도 보이고 회전목마를 타지 않았지만 멀리서 나를 흐뭇하게 바라보며 사진을 찍어주는 친구도 보인다. 이렇듯 회전목마를 타야지만 느낄 수 있는 낭만이 있다. '삶은 재미없지만 그래도 낭만이 있다.'는 정신과 의사 선생님의 말은 이런 의미가 아니었을까?

물론 한때는 회전목마를 단순히 유치하게만 여긴 적도 있었다. 놀이공원에 가면 무조건 롤러코스터를 타는 순간만 기대하곤 했으니까. 그러나 놀이공원의 대미를 장식하는 것은 언제나 회전목마다. 그제야 깨닫게 되었다. 롤러코스터가 아닌 회전목마를 타듯 현재 나의 잔잔한 감정 상태가 굉장히 소중하다는 사실을.

제목
내가 흔들리면
날씨
나무앞에서 헤드뱅잉했다
세상이 흔들렸다! 이번엔
아주천천히 고개를저었다
앗! 나무가 바람에 흔들
리고 있는게 눈에보였다
힘들어하는 친구의 흔들
리는 마음을 봤던것처럼

DAY 5.

내일이 오는 게 무섭지 않아,
굿 나잇!

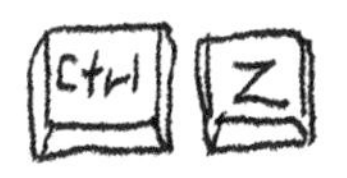

Ctrl+Z 없이 인생을 살아가는 법

그림을 배울 때 수작업을 잘하는 사람은 디지털 작업도 곧 잘 한다. 수작업을 배제하고 디지털 작업만으로 그림 실력을 키우는 덴 한계가 있다. 디지털로 작업하는 일러스트레이터, 웹툰 작가들 가운데 프로들은 틈틈이 연필로 하는 데생을 놓지 않는다. 나중에 디지털 그림 작가가 되든 아날로그 그림 작가가 되든, 수작업 연습의 필요성은 미술 하는 사람들 사이에선 이견이 없을 것이다.

디지털 툴은 편리하지만 수작업은 상대적으로 불편하다. 그러나 불편하게 그려야만 배울 수 있는 감각들이 있다. 예를 들어 디지털 툴에서는 원하는 색상을 클릭만으로 뽑아낼 수 있다. 그러나 수작업에서 원하는 색상을 얻으려면 제한된 물감(색)을 조합해 만들어야 한다. 조합을 통해 색의 특성을 이해하고 색상들의 관계성을 이해하면서 색에 관한 전반적인 감각을 익혀나갈 수 있다.

나는 그림을 배우러 온 사람들에게 첫날 오리엔테이션을 진행한다. 종이 한 장과 연필, 지우개를 건네고 무언가를 그리게 한다. 그림을 얼마나 잘 그리는지 실력을 보기 위함은 아니다. 종이에 뭐가 그려지고 있는지가 아닌, 그림을 그리고 있는 그 사람을 본다. 그러면 그림을 그리는 저마다의 습관이 보인다. 가령 어떤 대상을 보고 그린다면 관찰하는 대상에 시선을 더 두는지, 도화지에 더 시선을 두는지 본다. 그리고 그림을 그릴 때 표정을 보면서 막힘없이 하고 있는지, 주저하고 있는지 등등을 캐치한다.

저마다의 습관을 지닌 수강생 중에, 유독 지우개를 많이 쓰는 사람들이 있다. 그리는 시간보다 지우는 시간이 더 많은 사람들. 지우개를 덜 쓰더라도 연필로 선을 그을 때 여러 번 덧대어 긋는 사람들도 있다. 그림 그리는 사람들 사이에선 이 선을 소위 '털선'이라고 부른다. 털이 난 것처럼 선을 짧게 짧게 여러 번 그리는 것이다. 나는 이러한 털선을 '수정선'이라고도 부른다. 선을 그었는데, 원하는 대로 반듯하게 안 나와서 여러 번 그어가며 계속 수정하는 것이다. 지우개를 쓰던, 털선을 긋던, 수정이 가능해지면 마음이 편해져 마구잡이로 선을 긋게 된다. 다시 지우개를 쓰거나 털선으로 다듬으면 되니까. 그림 연습 초기에 이렇게 그리는 방식에 익숙해지면 실력 향상이 더뎌진다.

나도 편하게 그리고 싶을 때는 가끔 디지털 작업을 한다. 컴퓨터나 태블릿으로 그림을 그리면 너무나도 편리하기 때문이다. 일일이 재료를 세팅할 필요도 없고 정리할 필요도 없기에 번거롭지 않다. 무엇보다 디지털 작업이 월등히 편리한 이유는, Ctrl+Z(맥북은 Command+Z) 단축키가 있기 때문이다. 일명 '실행 취소' 단축키로 원고를 작성할 때도, 영상 편집 작업에도 쓰이는 공통 기능이다. 실행 취소는 말 그대로 방금 실행한 것이 마음에 들지 않을 때 되돌리는 기능이다.

그은 선이 마음에 들지 않으면 Ctrl+Z. 쓴 문장이 마음에 들지 않으면 Ctrl+Z. 실행 취소 기능이 있기에 마음껏 실수를 저지를 수 있다. 실수 이전으로 돌아가면 되니까. 더구나 여러 번 실행해서 원하는 시점까지 작업을 되돌릴 수 있다. 중간중간 파일을 저장해놓으면 작업하는 동안 무한 수정이 가능하다. 이러한 기능 덕분에 디지털 작업은 수작업에 비해 간편하고 만족스러운 결과물도 '쉽게' 얻어낼 수 있는 셈이다.

만약 인간의 삶에 Ctrl+Z 단축키가 있다면 어떨까? 스스로 만족스럽지 못한 일상을 살아갈 때 Ctrl+Z가 있다면 정말 완벽할 것이다. 그렇다면 근래에 나에게 벌어진 몇 가지 일을 이전으로 되돌릴 수 있을 텐데 말이다.

1. 얼마 전에 친구에게 말실수하여 상처를 줬다. 그 말을 하지 말았어야 했는데…… Ctrl+Z
2. 며칠 전에 우울해서 폭식을 했다. 많이 먹지 말았어야 했는데…… Ctrl+Z
3. 특강을 가서 말을 더듬었다. 조금 더 연습해서 갈 것을…… Ctrl+Z

지워지지 않는 트라우마로 남은 상황까지 Ctrl+ Z로 되돌릴 수 있다면. 학창 시절 괴롭힘을 당했던 기억, 매일같이 부모님의 싸움을 지켜봐야만 했던 기억, 죽고 싶은 마음에 자살 시도를 했던 기억 등등. 그때 그 시절로 돌아가 그러한 일들이 일어나지 않게 수정할 수 있다면 현재 내 모습이 더 행복하고 만족스럽게 변해 있을까? 하는 생각도 잠시.

디지털은 편리하고 수작업은 상대적으로 불편하다. 이는 실행 취소 기능이 있고 없고의 차이다. 실행 취소 따윈 존재하지 않는 우리네 삶도 마찬가지다. 저마다 만족스러운 삶을 살기 위해 노력하는 행위는 불편함을 감내하고 그려내는 수작업과 같다.

한데, 지우개를 자주 쓰거나 습관적으로 털선을 쓰는 것은

Ctrl+Z 키를 남발하는 것이다. 앞서 말했듯 불편하게 그려야만 배울 수 있는 감각들이 있다. 그렇기에 Ctrl+Z를 반복하면서 그림 그리는 사람들에겐 명확하게 룰을 제시한다. 지우개를 쓸 수 없는 펜으로 그리되, 한번 그린 선이 마음에 들지 않아도 털선이 아닌 단선으로 남겨두라고. 설령 선이 잘못 그어졌다고 한들, 잘못된 선을 이어서 쭉 그어나가라고 한다.

이렇게 제약이 생기면 선을 제대로 그려야 한다는 마음에 신중해질 수밖에 없다. 세심하게 관찰하고 미세하게 손의 움직임을 컨트롤해야 한다. 선 하나를 긋더라도 책임감을 가지게 된다. 자꾸만 마음에 들지 않는 선이 그어져, 어설픈 그림이 그려진다고 해도 상관없다. 그렇게 완성된 그림은 완벽하진 않아도, 더 진실되고 솔직한 그림일 수 있다. 꾸며내지 않은, 있는 그대로의 자기 자신을 담아낸 그림. 그곳에서부터 나아지고, 나아가면 된다.

수년간 그림을 가르치며 쌓아온 경험에 비추어볼 때, 이러한 마음으로 그림에 접근할 줄 아는 사람들이 이후로도 좀 더 깊이 있는 작품을 만들어내는 건 확실하다. (털선이 아닌 단선을 길게 길게 쓰는 데 익숙해지면 스케치 시간도 단축되고 효율성 측면에서도 좋다.) 그러기 위해선 수작업에서만은 Ctrl+Z를 누르지 않고 그릴 수 있어야 한다.

우리 삶에 Ctrl+Z가 없는 이유도 어쩌면 살아가면서 신중함과 세심함을 배우고, 책임감을 느끼며, 설령 실수를 하거나 완벽하지 않더라도 진실되고 솔직하게 살아가는 법을 배우기 위함일 것이다.

제목 잘 알지도 못하면서

날씨

미술선생님이 선 하나도 제대로 못 그리냐고 나를 혼냈다! 근데 이거 선 아닌데. 인간들이 살아가는 길 그린건데... 삶은 구불구불해서 반듯할수 없다구 선생님은 뭣도 모르면서!

컵에 담긴 물보다,
물을 담아내는 컵

“나이는 먹었는데, 이룬 것도 별로 없는 것 같고…….”

“이모르 씨는 스튜디오도 있고, 전시도 했고, 책도 냈고, 유튜브 채널도 잘됐고, 팬들도 있고, 이룬 거 많잖아요.”

나의 푸념에 동료 작가 L이 답했다. 틀린 말은 아니었다. 그러나 컵 속에 물을 절반밖에 채우지 못한 나에 대한 아쉬움, 또는 절반도 채우지 못했을 거라는 의심에 초조한 기분이 들었다. 물론 알고는 있다. 물 반 컵을 보면서 “절반밖에 없네.”가 아니라 “절반씩이나 있네.”와 같이 다른 관점으로 볼 수도 있다는 사실을. 그러나 당시에 내가 하던 모든 일이 잘 풀리지 않았다. 일도, 인간관계도, 마음 상태도. 그래서인지 스스로에 대한 확신이 없고, 자꾸만 부정적인 생각이 들었다. L은 말했다.

“물이 절반 담긴 컵이 클 수도 있잖아요.”

"그 컵이 소주잔이면요?"

"에이, 너무 극단적이네."

"지금껏 이룬 게 소주잔의 절반이라 생각하면……. 하아, 눈물 난다."

"극단적으로 갈 거면 차라리 냉온수기에 들어가는 18.9리터 생수통의 절반이라고 생각합시다."

L과 이런저런 대화를 나누다 술집에 들어갔다. 테이블에 앉아 소주와 차돌숙주볶음을 주문했다. 소주가 먼저 나와서 나는 술을 따라주기 위해 병을 들었다. L이 들고 있는 소주잔이 심하게 흔들렸다. L이 수전증이 있다는 사실을 알고는 있었다. 그런데 그날따라 유독 심한지 술을 도저히 따를 수가 없었다.

"이모르 씨가 술병을 흔들면서 따르세요."

어이가 없어서 웃었다. 괜스레 오기가 생겨 어떻게든 술을 잔에 넣으려 해도 자꾸만 흘렸다. 결국 "그냥 잔을 들지 말고 테이블에 내려놓으세요."라고 말하고 서로 깔깔 웃어댔다. 그리고 이날의 사사로운 해프닝은 나에게 새로운 관점을 제시했다.

'컵 안에 든 물을 어떻게 바라볼 것인가?'가 아니라 '물을 컵 안에 어떻게 받아낼 것인가?'가 중요하다. 그러기 위해선 일단 흔들리지 않아야 한다. 무엇보다 나 스스로에 대한 확신이 없다면, 흔들리고 불안한 마음이 지속된다면 내가 원하는 것을 가득 채울 수 없지 않을까. 설령 컵에 물을 가득 채워놓아도 컵이 흔들리면 물은 계속 쏟아질 테니 말이다.

L과의 술자리가 무르익을 때쯤 나는 꽤나 취해 있었다. 만취하여 몸이 흔들리고 온 세상이 흔들리는 상황. L이 따라주는 술을 받으려다 정작 내가 잔을 놓쳐 깨트리는 참사가 일어났다. 곧바로 술집 사장님에게 정중히 사과를 드렸지만 어쨌든 민폐를 끼치고 말았다.

흔들리면 가득 담을 수도 없고 깨트릴 수도 있다. 확실하게 부여잡아야 한다. 술잔도, 나 스스로의 마음도.

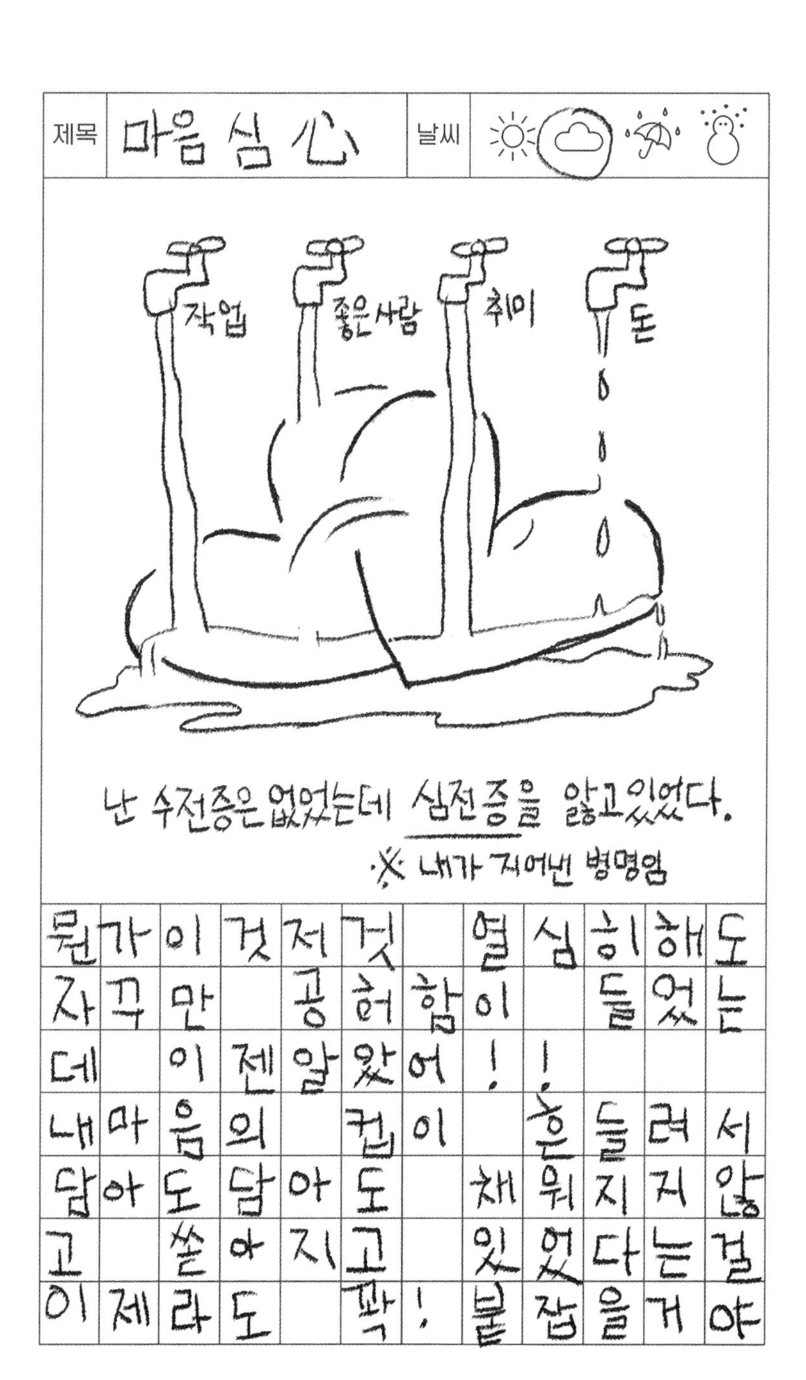

제목
마음 심心
날씨
작업
좋은사람
취미
돈
난 수전증은 없었는데 심전증을 앓고있었다.
※ 내가 지어낸 병명임
뭔가 이것저것 열심히해도
자꾸만 공허함이 들었는
데 이젠 알았어!!
내마음의 컵이 흔들려서
담아도 담아도 채워지지 않
고 쏟아지고 있었다는걸
이제라도 꽉! 붙잡을거야

어떤 음식이 나올지 '모르'는 식당

"네가 어떤 사람인지 도무지 모르겠어."

가까운 지인들에게 종종 이런 말을 들었다. 감정 기복이 심하다 보니 누군가를 대하는 컨디션과 방식이 일관성 없이 들쭉날쭉하다는 것이다. 부정할 수 없는 사실이다. 나 스스로도 감정 기복이 심한 것을 인정하기에. 누군가에겐 마치 조증과 울증을 왔다 갔다 하는 사람처럼 보였을 테다.

무언가 한 가지 일을 진득하게 지속하는 일관성도 없다. 변덕이 심하다 보니 하고 싶었던 일도 하기 싫어지고, 또 다른 게 하고 싶었다가 또 하기 싫어진다. 그런 모습들을 옆에서 지켜보고 있으면 대체 뭘 하는 사람인지 모를 만도 하다. 어쩌면 성실함도 없고 책임감도 없는 사람으로 보였을지도 모르겠다.

나도 내 모습을 보면 혼란스러울 때가 많았다. 심지어 술 마실 땐 허름한 노포 식당만 가는 일관성을 지켜왔는데, 그 일관성마저 지키지 못하고 난생처음 '오마카세' 가게를 가게 되었다. (지인이 사준다고 하길래…….)

'주인장 맘대로'인 오마카세는 훌륭했다. 그날 먹었던 전복 내장 소스로 만든 파스타는 인생 최고의 맛이라 해도 과언이 아니었다. 그 맛이 뇌리에 박혔다. 일관성 없는 나임에도 다시 먹고 싶었다. 그리고 몇 개월 뒤, 또 다른 지인이 사준다고 하기에 내가 가본 오마카세를 가자고 졸라댔다. 두 번째 오마카세 가게 방문이었다.

하지만 막상 그 가게에 가니 전복 내장 파스타는 팔고 있지 않았다. 당혹스러웠다. 가기 전부터 지인에게 전복 내장 파스타 맛을 찬양했고, 꼭 그 맛을 선보이고 싶었다. 나는 셰프에게 물었다.

"전복 내장 파스타는 없나요?"

"당분간 계획은 없고 또 언제 팔지 모르겠네요."

그다음 흘러들어온 감정은 서운함과 왠지 모를 좌절감이었다. 다시는 그 맛을 못 볼 수도 있겠다는 생각에. 그런데, 이게 뭐야. 뭐가 나올지 모르는 이 가게는 내가 살아온 삶과 닮지 않았나. 들쭉날쭉. 오락가락. 말 그대로 주인장 맘대로.

보통의 식당은 저마다 내걸고 있는 일관된 메뉴가 있다. 족발 집에선 족발을 팔고, 김치찌개 집에선 김치찌개를 판다. 새로운 메뉴가 추가될지언정 족발 집에선 족발을, 김치찌개 집에선 김치찌개를 먹을 수 있다는 일관성이 있다. 찾아갔는데 일관성이 없으면 당혹감을 느낀다. 내가 오마카세를 두 번째 찾았을 때처럼.

반면, 비싼 돈을 받는 오마카세 가게의 메뉴는 셰프 맘대로다. 매번 같은 코스 요리를 내어주는 오마카세도 있다지만, 기본적으로 '오마카세'의 의미는 '주방장에게 맡긴다'는 뜻이니까. 셰프는 그날그날의 싱싱한 재료와 자신의 기분에 따라 손님에게 제공할 요리를 결정한다. 손님의 입장에서 메뉴에 일관성을 기대할 수 없다. 하지만 그 자체로 매력적이기 때문에 자꾸만 오마카세 가게를 찾게 되는 것이 아닐까.

어쩌면 나는 남들보다 더 싱싱한 재료와 할 수 있는 요리가 많은 것은 아닐까? 내가 가진 성격과 감정, 상황과 환경 등 여러 요소들이 복합적으로 작용해 하루하루 다른 메뉴를 만들어 내니까. 그렇다면 내 삶은 유독 메뉴가 자주 바뀌는 오마카세 가게일 수 있다.

"이모르는 어떤 음식이 나올지, 도무지 모르겠어."

"그러니까 같은 메뉴를 기대하지 마. 그저 오늘 내가 제공하는 메뉴를 즐겨줘."

"전복 내장 파스타 같은 모습은 이제 볼 수 없는 거야?"

"당분간 계획은 없고 또 언제 팔지 모르겠다."

때로는 김치찌개 집 같은 일관성도 기쁨을 주지만, 오마카세 가게는 오마카세만의 맛이 있다. 그런 맛집은 일관성 없는 것이 하나의 일관성이다. 나 역시 그렇다. 내가 선택하는 각각의 순간들이 모여 하나의 일관된 내 모습을 만들 테니까.

전복 내장 파스타를 먹으러 간 오마카세 가게에서 전복 내장 파스타를 맛보지 못한 날, 셰프가 새롭게 만들어 건넨 장어 솥밥은 가히 최고의 맛이었다. 역시 오마카세였다.

제목	삶 또한 오마카세	날씨	

오늘의 행복 레시피

적당한 기분상태
1인분 준비

건강한 음식
취향껏 가득

웨이트
1시간 숙성

멋쟁이 코트
1kg 장식

친한 친구들과 만남
5시간 끓이기

음주
1티스푼

가무
10스푼

* 썩은재료
버릴것들 →

스트레스 주던 K

돈 제때
안주는 회사

야식

오늘 기분, 입을 옷, 만날 사람, 먹을 음식, 취미. 수면 이 모든 건 일상의 오마카세 재료다! 매일 조합하는 것에 따라서 다 다른 맛이 난다. 모두 자기만의 행복한 맛을 만들어 냈으면

개연성은 없어도 아름다움은 있다

영화관에서 영화 한 편을 보았다. 스토리에 개연성도 없고 실망스러운 영화였다. 그 영화에 대한 내 평점은 5점 만점에 0.5점.

영화를 볼 때 중요하게 여기는 요소 중 하나는 개연성이다. 많은 사람이 영화를 볼 때 개연성을 따지고, 나 역시도 마찬가지다. 개연성이란 단어 자체가 굉장히 포괄적인 의미를 가지고 있다. 사람에 따라 다르게 해석될 수 있지만, 내가 생각하는 개연성 없는 영화들의 특징은 이렇다.

1. 인과를 무시하고 어떤 사건이 너무나 우연히 (많이) 발생한다.
2. 캐릭터들 간의 갈등이 어떠한 과정도 없이 너무나 뜬금없이 (많이) 진행된다.

3. 이해할 수 없을 만큼 어떤 상황에서 캐릭터의 감정이 (지나치게) 과잉되어 있다.

이 외에도 다양한 요소들이 있겠지만, 스토리가 진행되는 과정에서 개연성이 없으면 감상의 흐름이 깨질 수밖에 없다.

하지만 그러한 영화들은 실제로 매우 많고, 볼 때마다 실망을 금할 수가 없다고 말하는 것은 사실 오만을 떠는 게 아닐까? 따지고 보면 내가 처한 현실에서, 나는 정말이지 개연성 따윈 하나도 없는 삶을 살고 있으니까.

책에 관심이 전혀 없었는데, 어느 순간 책을 쓰고 있다. 유튜브 따윈 관심이 전혀 없었는데, 어느 순간 유튜버가 되어 있다. 그뿐만이 아니다. 저녁에 잠들기 전에는 내일 아침에 맛있는 걸 먹어야지 하고 다짐하고 다음 날 일어났는데, 아침에 배가 고프지 않아 아무것도 먹지 않는다. 그리고 오늘은 다이어트나 해볼까 싶었는데 점심이 되자 폭식하고 있다.

지난날 내 감정을 돌아봐도 개연성 따윈 존재하지 않는다. 즐겁다가도 갑자기 우울해지고, 우울하다가도 갑자기 기분이 좋아진다. 화가 날 법한 상황이 아닌데도 화가 나고, 화가 날 법한 상황인데도 화가 나지 않는다. 내가 살아온 과정을 돌아보면 앞뒤가 맞지 않는, 말이 되지 않는 부분이 너무나 많다. 개연성으로만 놓고 보면 내 삶은 정말 실망스럽기 짝이 없을 것이다.

0.5점을 주고 싶다던 영화가 실망스러웠던 요인은 스토리 개연성만은 아니었다. 배우들의 연기도, 진부한 이야기도, 뻔한 메시지도, 취향적으로도, 모든 게 별로였으니까. 개연성만 놓고 보면 0.5점보다 못한 영화를 본 적이 있다. 〈티탄〉이라는 영화다. 어린 시절 교통사고로 뇌에 티타늄을 심게 된 여성이, 이후에 기이한 욕망에 사로잡혀 살아가던 중 자동차와 사랑에 빠지는 이야기다. 시놉시스만 봐도 기이하다. (내가 생각하는) 개연성이란 찾아볼래야 찾아볼 수 없는 너무나도 난해한 영화였다. 그러나 점점 영화 속으로 빠져드는 알 수 없는 묘한 감정이 들었다. 누군가에게 재미있다고 추천하긴 어렵지만, 생각할 거리를 던져주는 좋은 영화였다. 뒤늦게 찾아보니 칸 영화제 황금종려상 수상작이었다. 국내 평론가들도 대부분 좋게 평가하는 영화였다.

물론, 영화에서 어느 정도 개연성은 필요하다. 그러나 영화에 대한 감상 포인트는 저마다 다 다르다. 개연성이든 무엇이든, 좋은 영화라고 받아들이는 지점은 다양할 수 있다.

또 한편으론 영화감독들의 인터뷰를 보다 보면 느끼는 것이 있다. 감독들이 지닌 창작에 대한 애정 말이다. 그 점을 본받고 싶어 인터뷰를 즐겨 본다. 내게 실망감을 안겨준 영화감독 또한 마찬가지다. 누군가를 실망시키기 위해 일부러 개연성을 무시하고 영화를 만들진 않았을 것이다. (내가 보기엔) 연출 실력은 없어도, 작품을 향한 열정과 애정은 분명 있을 것이다. 그렇지 않고는 영화를 만들 수 없을 테니까. 제작비가 한두 푼도 아니고.

만약 누군가가 나의 삶을 개연성만으로 평가한다면 5점 만점에 0.5점일 수 있다. 개연성만 따지면 나도 내 삶에 0.5점을 줄 것이다. 하지만 내 삶을 내가 평가할 필요는 없다. 영화감독들이 자신의 작품에 애정을 불어넣듯 내 삶에 애정을 갖고 묵묵히 살아내는 것이 중요할 테니 말이다. 어쨌든 내 삶은 내 이야기고, 나는 그 속에 살고 있다.

칸 영화제에서 황금종려상을 수상한 〈티탄〉 같은 영화처럼, 인생 또한 개연성 이상의 많은 것들을 품고 있다. 내 삶은 현재 진행 중인 예술 작품이다. 이해할 수 없을 법한 상황들이 반복된다. 종종 이해되지 않는 주변인들이 있지만, 그들과 관계를 이어가고 있다. 또한 나 스스로도 이해되지 않는 주인공 캐릭터임은 분명하다. 이토록 개연성 따윈 없는, 독특한 삶의 이야기에서 아름다움을 찾는 것, 그것이 바로 내 삶의 영화감독인 내가 해야 하는 일이다.

제목 개연성 없는것도 좋아

날씨

개연성따윈 없는
모르의 일상

감독 이모르
주연 이모르

① 칭찬에 인색한 친구가 뜬금없이 날 칭찬해줬다
② 까칠한 담당자가 대뜸 내 작업물을 인정해줬당
③ 안정적으로 돈벌던 일을 별 생각없이 그만뒀는데 더 좋은 기회가 생겼다!

마음에도 보호 케이스를 씌울 수 있다면

휴대폰을 새로 샀다. 잔기스 하나 없는 깨끗한 액정 속에 불현듯 인생이 비쳤다.

어릴 땐 모든 것이 신선하게 다가왔다. 시간이 흐를수록 실수와 실패를 반복했다. 그러면서 온갖 무력감과 좌절감을 겪었다. 내 인생은 어딘가 고장 난 것만 같았다. 마음에 온갖 잔기스가 나 있었다. 이런 순간마다 나는 새로운 시작을 간절히 원했다. 새 휴대폰을 사듯이.

"넌 왜 이리 휴대폰을 자주 바꾸냐?"

새 휴대폰을 쥐고 있는 내게 친구가 말했다. 가볍게 묻는 말이었지만, 왠지 모르게 묵직하게 다가왔다.

"넌 그 휴대폰 얼마나 쓰고 있는데?"

"음……, 오래됐지. 한 5년 넘었나?"

보통 1, 2년에 한 번씩 바꾸는 게 휴대폰 아니던가. 5년 넘게 썼다는 친구의 휴대폰은 그럭저럭 상태가 괜찮아 보였다. 친구가 말했다.

“요즘 사람들은 휴대폰을 너무 빨리 바꾸지 않냐? 우리 어렸을 적에 스마트폰 나오기 전에는 휴대폰 한 대로 진짜 오래 쓰고 그랬던 것 같은데.”

“요즘에는 스마트폰 제작할 때 일부러 수명 짧게 만들어서 성능 떨어지게 한다고도 하던데?”

“그것도 기종에 따라, 어떻게 관리하느냐에 따라 다르다니까. 심지어 우리 엄마도 한 기종으로 5년 넘게 쓰고 있을걸?”

우리는 너무 쉽게 포기하고 새로운 것을 찾아 나선다. 하지만 가장 중요한 건 무엇일까? 친구의 말 속에 답이 있었다.

‘관리.’

휴대폰도 제대로 관리하지 않으면 곧바로 기능을 상실한다. 인생도 마찬가지다. 좋은 보호 케이스를 사서 휴대폰을 깔끔하게 유지하듯이 마음과 정신도, 게다가 건강도 잘 돌보아야 한다. 시간이 지나면 성능은 떨어지기 마련이다. 휴대폰이나 인생이나 같다.

“충분히 더 쓸 수 있는데도, 그냥 조금 쓰다 지겨워지니까 다들 바꾸는 거지.”

가끔은 변화를 줄 수도 있다. 반복되는 일상의 지루함에서 벗어나기 위해 마음을 감싸고 있는 케이스 디자인을 바꿔보는 것처럼 새로운 사람을 만나고, 새로운 취향을 찾고, 새로운 일을 시도해보고, 새로운 시각으로 인생을 바라보는 노력도 필요하다.

지금부터라도 내 손에 쥔 새 휴대폰과 주어진 삶을 소중히 다루고, 최선을 다해 관리해보려 한다. 휴대폰도 인생도 언젠가는 수명이 다할 텐데, 굳이 애써 수명을 단축시킬 필요는 없지 않나.

보호 케이스를 벗긴 친구의 휴대폰은 잔기스 하나 없이 새것 같았다.

제목	A/S 센터	날씨	☀ ☁ ☂ ☃

핸드폰 A/S 센터

마음A/S센터

핸드폰이 고장나면 센터
가서 A/S를 받으면 돼!
마음이 고장난것 같을땐
정신과가서 A/S받으면돼!
물론 A/S받을필요없이 평
소에 고장나지않게 관리
하는것도 필수!!

인생은 게임이 아닌,
게임 유저로 사는 것

인생이 만약 컴퓨터 게임이라면 어떨까? 게임에는 적어도 길이 있다. 길을 헤쳐나갈 방법을 알려주는 매뉴얼도 있다. 그러나 내 삶은 길이 보이지 않았다. 정확히 말하면 내가 서 있는 이 길이 어디쯤인지 위치조차 파악이 안 됐다. 현실에는 매뉴얼이 없다. 그래서였을까? 애초에 길을 잘못 들어선 듯한 느낌이 들었다. 이러다 왠지 낙오될 것 같고, 인생의 패배자가 되면 어쩌나 하는 걱정이 앞섰다.

컴퓨터 게임에 빠져 지내던 시기가 있다. 원래 게임 같은 건 전혀 안 했다. 게임에 중독된 사람들을 보면 솔직히 한심하게 느낄 때도 있었다. 게임 그거 해봤자 남는 것도 없고, 시간 버리는 일이라고만 여겼다. 근데 막상 해보니 알 것 같았다. 왜 사람들이 게임에 빠져드는지.

적어도 게임은 게임에 시간을 쓰면 쓸수록, 플레이에 노력을 들이면 들일수록 그에 따르는 보상이 있다. 좋은 아이템이 생기거나, 경험치와 레벨이 올라가는 게 눈에 보인다. 적어도 게임 속 세상에선 노력한 만큼 실력도 는다. 하다 보면 점진적으로 플레이를 잘하게 된다. 노력한 만큼의 실력 상승이라는 성과가 생기는 것이다.

그런데 우리가 처한 현실은 어떠한가? 반드시 노력한 만큼 적절한 보상이 주어지지는 않는다. 내가 노력한다고 결과가 무조건 좋게 나오리란 보장도 없다. 특히 나 같은 프리랜서는 회사원들처럼 다달이 월급이 나오는 것도 아니다. 내가 노력한다고 해서 무조건 돈이 된다는 보장도 없다. 인생은 꼭 그렇지만도 않은 것이다. 여기서 말하는 인생은, 공부를 열심히 했는데 성적이 잘 나오거나 그림을 열심히 그려서 실력이 늘거나 하는 그런 게 아니다. 더 포괄적이고 큰 틀에서의 인생살이를 말하는 것이다.

삶이란 게 참 살아도 살아도 쉽지가 않다. 나보다 나이 많은 어르신들조차도 이와 비슷한 말을 한다. 게임은 오래 플레이한 만큼 실력이라도 늘지만, 삶은 아무리 살아도 살아도 살아가는 실력이란 게 늘지 않는 느낌이다. 그래서 더욱더 게임에 빠지게 되는 게 아닌가 싶다. 내 노력의 가능성을 확인받고 싶으니까. 내가 나를 확인받고 싶으니까. 현실에서 패배자가 된

듯한 기분이 싫어서 컴퓨터 게임을 했다. 그런데 그날따라 자꾸만 계속 졌다. 패배감을 느끼기 싫어서 게임을 켰는데, 게임 속에서조차 패배하니 왠지 모를 짜증이 났다. 아……?

따지고 보니 게임 속 세상에서도 매번 이길 수 있는 것은 아니다. 이제 나도 좀 잘한다 싶어도 나보다 더 잘하는 유저는 깔리고 깔려 있으니. 제아무리 레벨이 높은 유저라도, 심지어 프로게이머라도 언제나 우승만 할 수는 없을 것이다. 실력을 떠나 운이 나빠서, 슬럼프에 빠져서 연전연패하기도 한다. 그러다가 어느 순간 또다시 승리를 거머쥐기도 하지만.

현실 속 세상에서 이 기분 좋지 않은 패배감을 느끼는 순간도 어쩌면 그저 게임의 한 라운드에 불과한 게 아니었을까? 아니면 사실 레벨은 높은데 운이 나빠서, 슬럼프에 빠져서 연전연패하다 보니 잠시나마 자신감을 잃었던 건 아니었을까.

이기다가 지고, 지다가도 이긴다는 점에서 현실도 게임과 비슷하다. 오히려 여러 번 승리한 탓에 승리감에 지나치게 도취하다가 무너지는 꼴도 많이 본다. 여러 번 패배하면서도 패배감에 무너지지 않고 끈덕지게 시도하는 사람들이 어느 순간 승리를 거머쥐기도 한다. 패배했다고 패배감까지 길게 가져갈 필요는 없다. 승패에 연연하지 않고, 차근차근 묵묵히 해나가는 사람들이 성공을 거머쥐는 건 게임 속이나 현실에서나 마찬가지니까.

제목
그게 뭣이 중한데!
날씨
WIN
LOSE
정말 인생이 게임이라면
그러면, 이기는게 중한게
아니겠네. 지는게 중한게
아니겠네. 즐겁게 하는게
게임이야! 다함께 노는게
게임이야! 그렇게 사는게
인생이야! 이렇게 난 살게

감각
종합 선물 세트

어느 날 집으로 가는 길에 있는 산책로를 지나다 우연히 나무줄기가 손에 닿았다. 나무껍질 특유의 까슬까슬한 감촉이 손끝에 느껴졌다.

불현듯 어렸을 적 기억이 떠올랐다. 형의 얼굴에 난 턱수염이 내 손에 닿았을 때 그 감촉. "으, 이상해!" 당시에 나는 턱수염이 없었지만, 한창 사춘기였던 형은 수염이 많이 났다. 형은 자기 턱수염에 내 손을 억지로 갖다 대거나, 소리도 없이 뒤로 다가와 턱수염을 어깨에 비벼대고는 소스라치게 놀라는 내 모습을 보면서 낄낄댔다. 자주 그런 괴상한 장난을 쳤다. 때로는 턱수염의 이상야릇한 감촉이 나 또한 재밌어서, 형 턱에 손을 직접 갖다 대기도 했다. 이상하지만 묘한 감각이었다.

나무껍질은 턱수염의 감촉을 떠올리게 하면서도, 동시에

손끝에 전달되는 까슬까슬한 촉감 자체가 새롭게 다가왔다. 이처럼 독특한 질감을 만져본 게 언제 적 일인가, 그동안 나는 어떤 촉감을 느끼며 지내왔나 하는 궁금증이 생겼다.

휴대폰을 만질 때, 키보드를 칠 때, 마우스를 만질 때, 술병이나 술잔을 들 때, 몸을 씻을 때 등등 일상에서 손은 대부분 필요에 의해 쓰기 마련이다. 더욱이 쳇바퀴 굴러가듯 바쁘게 돌아가는 일상을 지내다 보면 늘 만지던 것만, 만져야 하는 것만 만지게 된다. 특정한 목적에 따라 무언가를 만지고 촉감이 '느껴지는' 것일 뿐. 반대로 촉감 자체를 온전히 느끼기 위해서 손을 갖다 대는 일은 드물지 않나? 따지고 보면 다른 감각기관도 마찬가지다. 그저 감각이 전달될 뿐, 감각을 느끼는 일에 집중해본 적은 없었다.

일상이 무료할 때나 극심한 스트레스 상황에 오래 놓여 있을 때나 우울증으로 힘들어했을 때 찾아온 공통된 변화가 있다. 신체감각이 둔해지는 것. 웃기다고 하는 것이 더는 웃기지 않고 슬프다고 하는 것이 슬프지 않았다. 맛있다고 했던 것이 맛있지 않고 아름답다고 느꼈던 것이 아름답지 않았다. 감각이 무뎌지다 보니 감정도 영혼도 덩달아 사라지는 기분이 들었다. 동시에 내가 살아 있다는 느낌조차 들지 않았다. 외부에서 오는 어떠한 감각에도 감흥이 사라진 탓에 더 세고 강렬한 자극만을 좇게 됐다. 그러한 자극들은 대체로 얼마 지나지 않아 연기처럼 사라졌다. 채워지지 않는 자극과 둔해진 감각은, 단순히 오감을 넘어 삶의 행복이나 인생의 성취감조차 느낄 수 없게 만들었다.

그러한 의미에서 나무껍질의 감촉은 나에게 새로운 발견이었다. 새로운 촉감. 낯설고 신선해서 선명하게 느껴지던 자극은, 텅 비어버린 듯한 나의 일상에 어떤 현실감 같은 활력을 불어넣었다. 내가 이 세상에 고스란히 속해 있다는 안정감. 나무줄기를 타고 땅속에 뿌리내린 우직한 나무처럼, 현실을 단단히 딛고 있는 나 또한 쉽게 부서지지 않을 거라는 생각이 들었다. 형의 턱수염을 떠올리게 한 나무껍질의 이상야릇한 감촉은 그야말로 이상야릇한 삶의 충만감을 느끼게 해주었다. 나아가 내가 지닌 감각들을 다시 바라보는 계기가 되었다.

어느 순간부터 그림 그리는 태도에 많은 변화가 생겼다. 결과보다 과정, 과정보다 감각에 집중했다. 무엇을 잘 그리기 위해서라기보다, 어떻게 그리든 그림 그리는 과정에서만 느낄 수 있는 감각적 체험에 더욱 집중했다.

펜과 붓으로만 그려오다가, 어느 날은 크레파스로 그림을 그렸다. 펜이나 붓을 쥐고 있으면 딱딱함만 느껴지지만, 크레파스는 유성이라 손에 묻는 진득진득한 촉감이 있다. 또한 크레파스를 종이에 문지를 때 입자가 부서지면서 색이 칠해지는데, 그 순간에 전달되는 촉감은 또 미묘하게 다른 느낌을 준다.

순간 크레파스를 손에 쥐고만 있어도 행복해하던 어린 날의 내 모습이 떠올랐다.

미술 재료에는 저마다 느껴지는 오감적 요소가 있다. 연필이 내는 사각사각 소리, 붓 터치 할 때 나는 쓱쓱거리는 소리, 수채화 물감의 물 냄새, 유화 물감의 기름 냄새. 원하는 방향이든 원하지 않는 방향이든, 선 하나를 긋더라도 색 하나를 칠하더라도 시시각각 바뀌는 시각적 이미지. 한 장의 그림을 그리는 과정은 나에게 다채로운 감각들을 종합 선물 세트로 선사한다.

무엇보다 감각을 온전히 느끼다 보면, 그 순간만큼은 사사로운 생각이나 감정이 들어올 틈도 없이 내 안에 '느낌' 하나만 남는다. 딱히 그림으로 무엇을 추구하거나 표현하지 않아도, 그리는 행위만으로도 더할 나위 없이 충만한 기분이 든다.

비단 그림뿐만이겠는가. 우리의 일상은 이미 셀 수 없을 만큼 수많은 감각적 체험을 선사하고 있는지도 모른다. 너무나 익숙하고 사소해서 그냥 지나쳤던 감각에도 미처 알지 못했던 다채로운 경험이 숨겨져 있을지도 모른다. 그저 감각이 내게 전달되었을 뿐, 감각을 느끼는 일에 집중해본 적은 없을 테니 말이다.

손끝에 나무껍질이 닿았다. 스치는 나무껍질이 주는 감각에 집중한다. 시선을 옮겨 하늘을 보고 바람을, 공기를 느낀다.

내가 지닌 감각들을 주의 깊게 바라보고, 내 안의 기억과 감정을 떠올리자 그것은 창조적 영감이 되고, 나아가 일상의 활력이 되고 생의 의지를 다시 샘솟게 한다.

이렇듯 감각을 오롯이 느낀다는 것은, 삶이 경이로워지는 시작점이 아닐까 싶다.

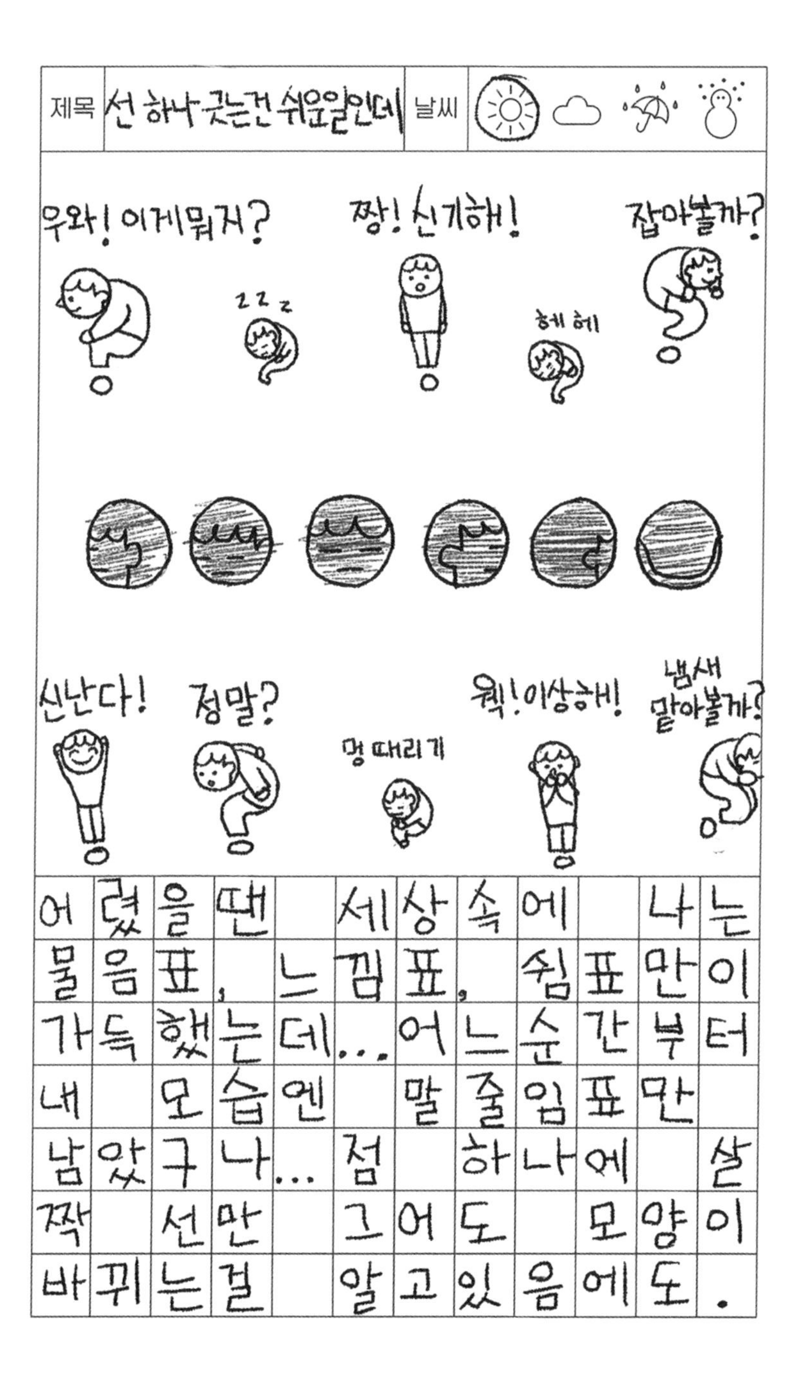
제목
선 하나 긋는건 쉬운일인데
날씨
우와! 이게뭐지?
z z z
짱! 신기해!
헤헤
잡아볼까?
신난다!
정말?
멍 때리기
웩! 이상해!
냄새 맡아볼까?
어렸을땐 세상속에 나는
물음표, 느낌표, 쉼표만이
가득했는데... 어느순간부터
내 모습엔 말줄임표만
남았구나... 점 하나에 살
짝 선만 그어도 모양이
바뀌는걸 알고있음에도.

행복이라는 정물화

그림을 그리기 위해선 숙련이 필요하다. 관찰력도 좋아야 하고 표현력도 좋아야 한다. 붓이나 물감을 잘 다루는 등의 기술력을 갖추어야 한다. 이 기술을 익히기 위해 많은 화실에서 종종 정물화를 그리곤 한다. 정물화는 움직이지 않는 물체를 놓고 그린 그림을 뜻한다. 과일이나 꽃 따위를 앞에 두고 그리는 것이다.

인생을 그림 그리는 행위에 비유하자면, 우리는 모두 각자의 마음속에 '행복'이라는 정물화를 그리고 있다. 나를 행복으로 이끄는 요소들이 내 앞에 놓이면 그림이 완성될 거라고 믿는다. 많은 돈이 내 앞에 있으면 행복이 그려지고, 화목한 가정이 내 앞에 펼쳐지면 행복이 그려진다고 믿는다. 그래서 돈을 많이 벌기 위해 열심히 공부하고 일한다. 화목한 가정을 꾸리기 위해 좋은 사람을 만나고 스스로 좋은 사람이 되고자 노력한다. 모두 행복을 잘 그리기 위한 연습이다. 당연히 필요한 과정이다.

그런데 사람을 행복하게 하는 요소들은 대부분 정물이 아니다. 내 앞에서 놓인 채 움직이지 않고 가만히 있어줘야 하는데 그렇지 않다. 돈은 많다가 적어지기도 하고, 가정은 화목하다 그 화목함이 깨지기도 한다. 테이블에 강아지 인형을 가져다 두고 정물화를 그리고 있는데, 갑자기 강아지 인형이 진짜 강아지처럼 요리조리 움직이며 테이블 밑으로 내려가고 다시 올라오고 오두방정을 떨면 어떻게 정물화를 그리겠는가?

어렸을 적 경제적으로 풍족했던 집안이 아이엠에프 이후로 한순간에 빚더미에 앉은 것처럼, 화목한 줄만 알았던 우리 가족이 어느 순간 불화하며 멀어졌던 것처럼, 하지만 다시금 정다운 가족으로 화합했던 것처럼 우리를 행복하게 하는 대상은 어떻게든 움직인다. 내 의지와 노력만으로 눈앞에 고정시켜놓을 수 없다.

아주 운이 좋다면 우리를 행복하게 하는 대상이 오랜 기간 고정되어 있을 수도 있다. 일상의 모든 부분이 충만하다고 느껴지고, 이제는 단 하나의 작품을 완벽하게 완성해낼 수 있을 거라는 기대에 벅차오르기도 한다. 그럼에도 행복했던 일상이 한순간에 무너지는 사람들을 본다. 그들 속에 나도 있다.

슬럼프에 빠진 예술가들은 종종 그 어떠한 작업도 하지 않고 시간을 보낸다. 동시에 작업이 아닌 다른 경험들을 통해 영감을 얻기도 한다. 다시 작업하게 만드는 요소를 찾아 헤매는 과정인 셈이다. 한순간에 무너진 행복을 찾는 일도 그와 비슷하다. 행복이라는 정물화를 당장 그릴 수는 없어도, 행복을 그릴 만한 요소들을 다양하게 찾아볼 순 있다. 그것이 거창한 행복이든, 아무도 부러워하지 않지만 오롯이 나만을 위한 소소한 행복이든 말이다.

돈은 잃어도 산책하는 행복이 있을 수 있다. 화목하지 않아도 무언가 성취할 수 있다. 무언가 하나를 잃어버렸다고 해서 모든 것을 잃어버린 것은 아니다. 행복하게 하는 단 하나의 요소에 집착할 필요는 없다. 나를 행복하게 하는 요소를 많이 찾아낼 수 있다면 다채롭게 배치하여 '행복'이란 주제를 가지고 오랫동안 그림을 그릴 수 있지 않을까?

행복은 단 하나의 완벽한 작품이 아닐지도 모른다. 망쳤다고 생각되는 작품은 과감히 버리고 또다시 그려내며 오래오래 다작할 수 있다. 이렇듯 행복의 다작이 모여 나만의 인생 갤러리를 이루게 되는 것 아닐까.

제목
내 마음의 전시회
날씨
나 어렸을 때 그렸던 정물화
나이대별로 그렸던 정물화
현재 내가 그리는 정물화
모두 다르게 그렸었네?
절망적인 그림들은 버렸
지만 포기하지 않고 수많
은 다작을 해왔었구나!

이 호수에는
돌 던지지 마세요

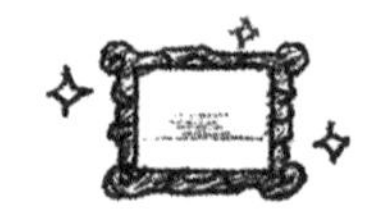

에필로그

우리 삶은 이 세상에 하나밖에 없는 예술품

나이를 먹으면서 점차 내가 성장하고 있다고 생각합니다. 일에 치이고, 타인에게 휘둘리고, 내 감정에 휩쓸렸던 지난날을 떠올리면 너무나 힘들었던 것 같거든요. 어느덧 내 안의 중심축이 제법 단단하게 고정된 느낌이 들었습니다. 그러면서도 지나치게 자기중심적인 인간은 되고 싶지 않아 적당히 유연해지는 법도 배운 것 같고요. 확실히 과거의 불안한 나 자신과 비교해보면 지금이 안정적이라는 생각이 듭니다.

하지만 이러한 제 생각 또한 의심해봅니다. 글을 쓰다 보면 결국 내 안에 있는 생각들이 편집되거든요. 글을 쓴다는 것은 전달할 메시지에 걸맞은 생각들만 따로 추려서 연결하는 작업입니다. 그 외의 생각들은 글을 쓰는 과정에서 걸러집니다. 나 자신을 찾아가며 성장했던 순간만 머릿속에서 편집하고, 그러다 보니 '나는 지금까지 채워지고 단단해졌구나!' 하는 생각에 더욱 빠져들게 됩니다. 정말 그런 나 자신이 된 것처럼 착각하는 것이죠. 만약 여러분도 이 책을 읽고 '이 사람은 정말 이런 사람이구나.' 하고 느끼셨다면 그 또한 착각일 것입니다.

제가 '착각'이란 단어를 쓴 이유는 명확합니다. 책 속의 내가 아닌, 일상에서의 나는 여전히 결핍과 불안을 안고 사는 존재이거든요. 더 이상 타인에게 휘둘리지 않는다고 해도, 이제는 사람을 예전처럼 많이 만나지 않기 때문일지도 모릅니다. 애초에 휘둘릴 만한 타인을 만날 기회가 줄어든 것일 뿐, 간간이 사람을 만나면 상대방 눈치를 자연스레 보기도 합니다. 또한 이제는 자해도 하지 않고 항우울제를 복용하지 않지만, 알코올 의존이 심해서 술에 대한 제어가 쉽지만은 않습니다. 그리고 일상에서 느껴지는 외로움, 관계에서 오는 괴리감, 사회생활 속에서 느껴지는 박탈감, 경쟁에서 도태된 것 같은 패배감 등등, 이 모든 부정적인 감정들은 예전보다 살짝은 무뎌졌다 해도 여전히 능숙하게 다루기 어렵습니다.

시대가 좋아져서 책, 강의, 예술, TV, 언론, 유튜브 영상 등등 다양한 매체를 통해 우리는 세상을 알아갑니다. 그러나 이 모두는 편집된 결과물이죠. 우리는 누군가의 편집을 통해 세상을 배웁니다. 우리는 늘 나보다 나아 보이는 타인의 편집된 통

찰을 배웁니다. 그러면서 자신의 삶에도 적용하려 부단히 애를 쓰죠. 그러나,

우리 저마다의 삶은 무편집본입니다.

누군가의 편집된 시선으로 무편집인 내 삶을 가득 채우기란 어렵습니다.

무편집본은 분량이 길어도 너무 길거든요.

절대 쉬운 일은 아니죠.

그럼에도 이 말만은 하고 싶습니다.

얼마 전 동료 작가와 팟캐스트 촬영을 했습니다. 제가 기획과 편집을 맡아 시리즈로 찍고 있던 콘텐츠였죠. 하루는 촬영을 켜놓고 서로 대화를 주고받고 있는데, 뭔가 둘 다 좀 심심한 느낌이 들었습니다. 촬영이 끝날 때쯤 왠지 이번 편은 편집해서 살릴 부분이 전혀 없을 거란 예감이 스쳤습니다. 괜스레 이번 촬영은 망했다고 생각을 했죠. 이미 머릿속으로 편집할 만한 게 없다고 결론을 내리니 자연스레 편집하는 날도 뒤로 미루고 또 미뤘습니다.

어느 날 더는 미룰 수가 없어서 편집 프로그램을 켰습니다. 그리고 풀 영상을 천천히 보고 있는데, 예상했던 것보다 꽤 재미있는 포인트가 많았습니다. 평소에는 제가 좀 더 주도적인 역할이라 먼저 재미난 멘트를 치곤 했는데, 그날은 동료 작가가 먼저 재미난 멘트를 치고 있었습니다. 그걸 또 제가 재밌게

잘 받아치고 있더군요. 꽤 신선하기도 하고 유쾌하게 느껴졌습니다. 그런 부분들을 모아서 편집해보니 영상 분량도 딱 알맞게 나왔습니다. 그리고 깨달았습니다. 무편집된 풀 영상에도, 내가 생각지도 못한 흥미로운 이야기가 숨어 있을 수 있다는 사실을 말이죠.

우리 각자에게 주어진 이 무편집의 삶을 오롯이 내가 원하는 대로 채우며 살아가기란 쉽지 않습니다. 때로는 자신이 밉고, 스스로를 의심하는 날도 있을지 모릅니다. 하지만 그럼에도 내가 원하는 내 모습을 그리면서 살아가다 보면, 어느 날 문득 지난날을 되돌아봤을 때 미처 알지 못했던 나의 좋은 모습이나 힘들 때 누군가 내밀어준 따뜻한 손길과 관심들, 그 외의 어떤 것들이라도 분명 유의미하고 소중한 순간들을 발견하실 수 있으리라 믿습니다. 우리 삶은 이 세상에 하나밖에 없는 예술 작품입니다. 그 속에 숨겨진 순간순간의 놀라움과 경이로움이라는 선물 또한 꼭 챙기실 수 있기를 바랍니다.

잘될 일만 남았어

초판 1쇄 인쇄 2024년 1월 30일
초판 1쇄 발행 2024년 2월 7일

지은이 이모르

편집인 이기웅
책임편집 한의진
외주편집 박민주
편집 안희주, 주소림, 김혜영, 양수인, 이원지, 오윤나, 이현지
디자인 MALLYBOOK 최윤선, 오미인, 조여름
책임마케팅 김서연, 김예진, 박시온, 김지원, 류지현, 김찬빈, 김소희, 배성원, 박상은, 이서윤
마케팅 유인철
경영지원 박혜정, 최성민, 박상박
제작 제이오

펴낸이 유귀선
펴낸곳 ㈜바이포엠 스튜디오
출판등록 제2020-000145호(2020년 6월 10일)
주소 서울시 강남구 테헤란로 332, 에이치제이타워 20층
이메일 odr@studioodr.com

ISBN 979-11-93358-62-7 (03810)

스튜디오오드리는 ㈜바이포엠 스튜디오의 출판브랜드입니다.